出帆

竹久夢二

作品社

出帆

目次

装画

竹久夢二
「港屋絵草紙店」

1

五月祭《メイデイ》　1

小汚い洋服を着た一団の行列が、いろんな思い附きの旗を押立てて、隊伍《たいご》粛々《しゅくしゅく》と練ってくる。

「パパ、何？」

三太郎の息子の、その頃小学生だった山彦がパパの手にすがりながら訊いた。

「さあね」

パパの三太郎も、いささか驚いて立止まって行列がくるのを待って見た。

行列の側には多勢《おおぜい》の巡査が職務のために興奮して、行列について歩いている。

行列は多様な服装にも拘《かかわ》らず、整然と感情を押えて、一糸乱さず一つの意志に向って歩いてゆくように見えた。

「五月祭の行列だ」

「五月祭って何だよ」

「五月祭ってのはね。そうさ労働者が花の咲いた野原へいって、歌をうたって踊るのだよ」

「ふうん」

三太郎は、その日暮しの自分の生活に草臥《くたび》れて、彼が二十代に抱いたような社会意識などは、もはや、忘れていた。新聞のきらいな彼は、今日の五月祭のことも知らなかった。

三太郎親子はあっけにとられて、ぼんやり群衆に押されながら立っていた。と突然、一人の泥で作った金平糖《こんぺいとう》のような顔をした大男が現れて、三太郎親子の前へ真黒く立塞《たちふさ》がった。

「なんて草臥れた汚い下駄をはいた男だ、この金平糖は」

その男と連立《つれだ》って歩きながら、三太郎はそう思った。

2

五月祭《メイデイ》　2

一段高いところに坐った髯《ひげ》を生した金平糖は、K新聞と三太郎の顔を見較《みくら》べている。

「こいつに違いないんだがね。日本人だね、これはどうも」

泥の金平糖が、髯の金平糖にきく。

人間は互《たがい》に理解できないものを怖れる、というが、三太郎は全くこの金平糖の仲間を理解することが出来ないので、理窟《りくつ》なしに子供じみた不安の念から、何事が起るのか、金平糖の顔の中を探していた。

先方もこっちを理解出来ないらしいのだが、それでいて、こっちを怖れている風もないのは不思議だった。実は内心少なからず怖れをなしていたのかも知れなかった。

「お前はロシアから来たエロウペエパアという人間か」

最上の威厳を見せながら、髯の金平糖が訊問した。

「いいえ。何故《なぜ》です」

「何という名か」

「ぼくは山岡三太郎です」

「はてね。この新聞に載っている写真はお前の写真だ。そうするとお前がロシアからきたエロウペエパアになるんだ」

「とんでもないことになりましたね。ちょっとその新聞をぼくに見せてくれませんか」

三太郎は金平糖の手から、五月一日発行のK新聞を受取って見た。

なるほど、今日の五月祭の行列に加わるロシアの盲詩人エロウペエパア氏として、その肖像は正《まさ》に山岡三太郎の顔が大きく引伸して載っているのだ。

由来金平糖は、人を疑うことを職業としてきたが、曾《かつ》て自分を疑ったことはない。いまこの男がロシア人でなくて日本人だとすると自分の眼を疑わねばならなくなる。

3

五月祭《メイデイ》　3

三太郎もまだ二十代の青年の頃には、芸術家的敏感から、地上にユウトピアを持ちきたす夢を信じていたものだ。

バラライカを弾きながらロシアのステップの民謡を歌ったり、レイニンの出現を予言していたその頃の詩人エロウペエパアは、赤いトルコ帽をかぶった仲間だった。

気の好い三太郎もあんまり馬鹿らしい間違いに怒ることも笑うことも出来ない、泥水のしみた靴をはいたような気持で、山彦の手を引いて、ほっと太陽の光の中へ出てきた。

金平糖は、一人の善良な市民を何かに認めたのだった。認めた以上いかなる処置をとることも許されているのだから、認められたものが、その偶然のかかりあいをあきらめることになっていた。

三太郎には、争うとか主張するとかいう気性が欠けていた。共存共栄を標榜しながら、スポーツの意気で突進する近代生活に向かない人間だった。テニスやピンポンのような競技をやるにしても勝敗の意識よりも、経過のファインプレイを悦《よろこ》ぶといった方で、花を引いても桜のピカが手にあればきっと出るし、馬に乗っても走っている間だけを喜んだ。だから何をやってもへまで、結局損をした。

「我々は愛すると誰でもが言う、しかし同じ言葉でもそれぞれ内容が違っていることを知らねばならない」

エロウペエパアが日本を追われて、北方支那へ去る送別会の席上で言った言葉を、三太郎はふと思い出した。

「どこへゆこう」

今日は、三太郎の息子の山彦の誕生日で、そのお祝いにどこかへ出掛けるところだった。

4

黒船屋　1

「最初の結婚を躓《つまず》くと、一生うまくゆかないものですな」

世間を見てきた人はよくそういうが、最初躓くような人間は、一生躓くようなどこかに痼疾《こしつ》があるのに違いない。そういう不幸の前には、経験なんかは何の役にも立たない。こりずにおんなじような失敗を繰返している人間を見てもわかる。

「くせだね」

癖がつくのではなく、そんな不幸な体質に生れついているのだ。

三太郎の最初の細君は、三太郎が絣《かすり》の着物に大名縞《だいみようじま》の袴《はかま》をはいているような画学生時代に、いっしょになった、彼より一つ二つ年上の女だった。姉さんごっこがすこしこじれてくる頃までに、どさくさ十年の月日は流れて、彼女はもう三人の男の子を生んでしまっていた。

「あなたは本当に私がいやなんじゃないの、そうだったら、子供なんかいつでも始末つけますよ」

家庭生活の競技もだんだんもう決勝点に近づいてきたのだった。勝敗を眼中におかないくせに、勝敗を向うからきめられることを好きでない彼は、外国へ出かける計画をたてた。彼女と子供のために、下町の方に小さな美術店を出させて、旅行券を求めている矢先に、欧州戦争がはじまった。それを口実に、一つには彼の不精からと、また彼女と別な家に住める心安さから、外国へ出かけることをやめにして、のうのうと納まってしまった。

それと見てとると、彼女はまた、彼を競技に起たせようと、やってきた。

「もうわたし店なんかいや、やっぱりみんな一つの家で暮しましょうよ」

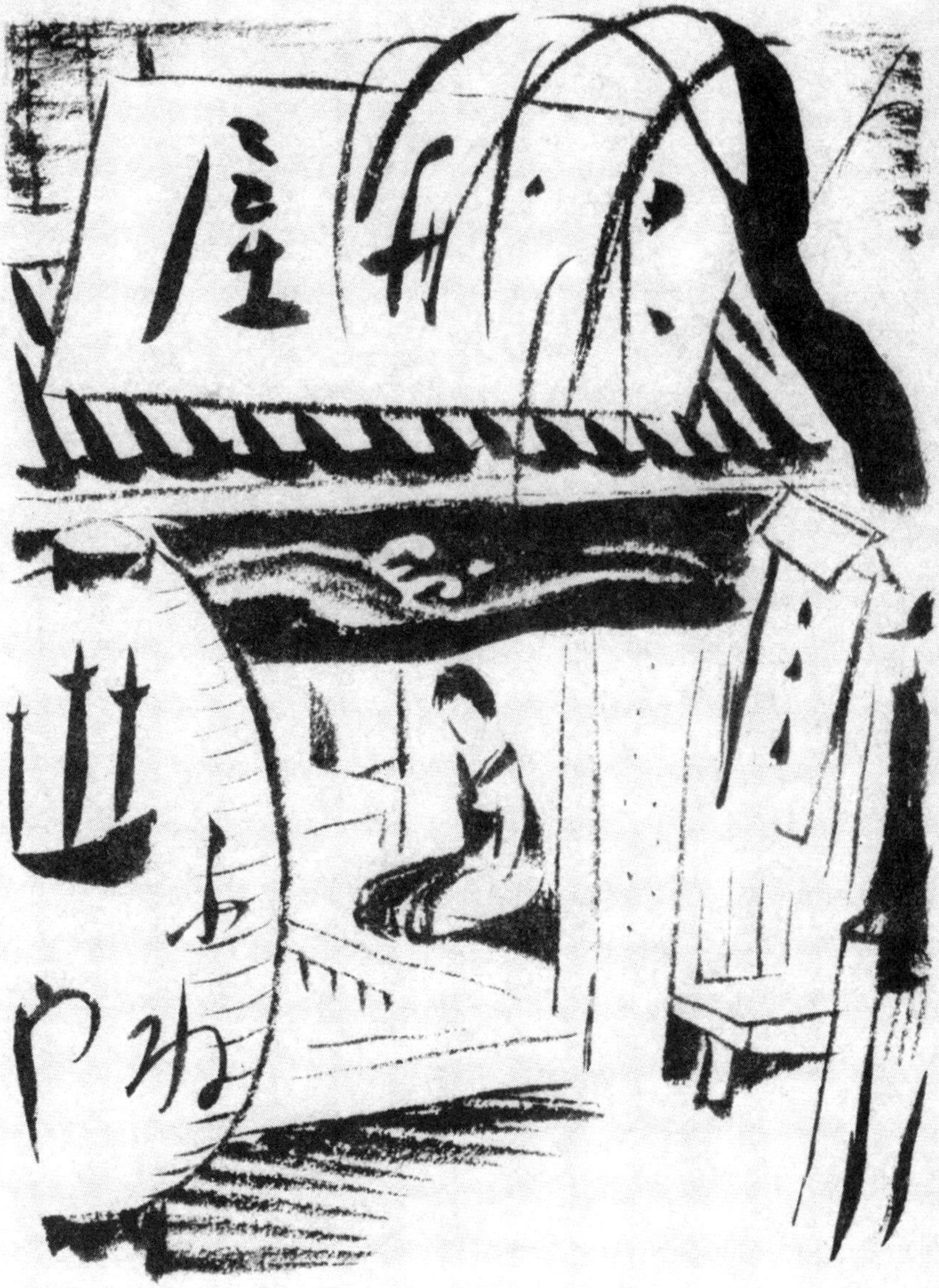

5

黒船屋　2

店は店、三太郎の画室は画室、彼女と子供達は子供の家と、別々に住むようになってから、その三番目の子供は生れたのだ。三太郎はびっくりして、生れて七日ほどたった頃、赤ン坊を見に子供の家へ出かけたが、子供好きの彼も、この子はどうも頬ぺたをつつく気にもなれなかった。

彼女は赤ン坊を背負って、彼の後を、店から画室へ、画室から店へと、追かけてきては「子供の世紀」を説いてきかせるのだった。

三太郎は、子供を中心にした家庭生活などに興味がなかった。三太郎はその頃、子供の雑誌へ絵を描いている殆《ほとん》ど唯一のえかきだった。

「君は一つ子供のためのえかきになってくれたまえ」と日本の子供の父と言われる児童文学の大家からすすめられたが、まだ外の仕事に執着がありすぎた。いや彼は何にでも興味が持てていろんな仕事をやって見たいたちだった。黒船屋で売る浴衣《ゆかた》や帯や半襟や木版画やその他小美術品のデザインや加工にさえ、なかなか興味を持っていた。彼の読者で田舎《いなか》の呉服屋の息子が出てきて、黒船屋の世話をやいてくれるので、三太郎は、よく店へ出かけてゆくので自然友達が集まってきた。

学校の帰りに黒船屋へ寄る学生の中に、三太郎に特別な興味をもった娘があった。笑うと糸切歯の見える娘で、手も美しかった。

「これは芸術家の手ですね」

「あたし絵をやって見たいとおもいますの、まえに×先生のところへ通ったことがあるんですが、日本画なんでしょう、ですから、先生時々あたしの絵を見て下さいませんか」

「ぼくでよかったら、見るだけ見ましょう」

三太郎も彼の細君も、明るいこの娘をすぐに好きになった。

6

黒船屋　3

「わたしは子供のために生きてゆきますわ。あなたの芸術のためには、やっぱり吉野さんのような人が必要なんです。吉野さんを貰《もら》いましょうよ、そしてみんなで暮しましょう」

三太郎の細君は、戯談《じょうだん》ではない、本当にそう思いつくと、吉野というその娘の親の許《もと》へ出かけていって「わたしの良人《おっと》のお嫁さんに娘さんを頂きたい」と言ったものだ。

三太郎がいくら好い気になって見ても、一人の男と二人の女が、一つ家に寝起きする場面を想像することはたまらなかった。

三太郎は、とうとう京都へ逃げだした。すると三太郎の後をすぐ電報が追いかけてきた。

「ミサオニゲタ、ヒコハソチラヘオクル、サンキチハタヘクレテヤル、ショウチカヘン」ミサオは細君の名だ。ヒコは次男の山彦の愛称、サンキチは三番目の赤ン坊のことだ。上の子はその頃田舎の爺さん婆さんの許へ預けていた。

三太郎が先生と呼んでいた人の夫人が、近所に住んでいて、何くれと世話をやいていた。後からきいた事だが、その頃五つだった山彦が赤ン坊を背負わされて、母親の書置を持って泣いていたそうだ。母親がいった先のある会の主事と夫人とが相談のうえのそれは電報だった。

「シカタガアリマセン、バンジヨロシクオマカセシマス」

そう返事をした三太郎は、これで彼の最初の細君との縁も切れ、三番目の子供とも他人になった。随《したが》って黒船屋の店も閉じて、すべて細君にくれてやってしまった。これで三太郎の東京の生活も、一まず幕になった。

7

誕生日　1

　三太郎親子の京都の生活は、孤独で貧しくはあったが、自然の風物と季節の饗宴とのなかに悠々自適した長閑《のどか》な生活であった。冬の間には北陸山陰の温泉場を渡り歩いたり、春になると、彼が生れ故郷の瀬戸内海添いの禿山《はげやま》の間の白い村だの、鉄道が出来てさびれた港などを訪ねて見た。京都奈良の神社仏閣はじめ、竹藪や松林や、殊《こと》に築地《ついじ》だけ残した屋敷跡などを探して歩くのは、なかなか楽しみだった。

　季節の変り目には、素朴な木版刷のビラが湯屋とか茶屋の軒先に貼られるのも興味があった。東山松茸狩、高台寺の萩、鞍馬の火祭等々。また町屋や寺々で行われる古風な年中行事や祭礼に、中京あたりの女房たちが季節の装《よそおい》をこらして坂を上ってゆく姿なども、三太郎を喜ばせた。

　しかし三太郎の京都での暮し向きは、そうのんきにゆかなかった。住みなれた東京の生活と違って、こちらは世間がせまく、隣附合もすべて小うるさかった。

「……しかしとにかく、京都にしばらく住んで見る気になりましたよ。友達の世話で高台寺の辺に紅がら塗の家を一軒借りました。家具調度も一通り、食べて寝るに不自由のないだけ買いあつめ、女中も友達のところから一人借りてきて、まあ、とにかく親子二人がたきたての飯を食べられるようになった訳です。ここですこし腰を据えて、古いものも見たり製作もして見たいと思います。北山颪《きたやまおろし》に鳴る八坂の塔の風鐸《ふうたく》が、いやに侘《わび》しいのにもすぐ馴《な》れるでしょう、もうすぐ春も来るでしょう」

　そんな手紙を、東京の吉野のところへも書いた。

8

誕生日　2

三太郎は旅へ出ると、健康で食慾もずっと進む方だったが、山彦はそうはゆかない、いつもお腹をこわしていた。京都に住むようになってからも、夜になると熱をだした。女中を起すのも可哀そうで、京都特有のたたきの水屋へ降りて、知覚を失った手で氷を割った。山彦は薬がきらいで「はさみうちだよパパ」まずウエイハを食べてそれから薬、それからウエイハ、ウエイハと口へ入れるのだ。

子供というものは、むやみと食べたがるものだ。

「キイキがよくなったら虎屋の饅頭《まんじゅう》でも何でもあげるからね」

「パパ、大人はお菓子のかわりに、食べたくなると煙草《たばこ》をのむんだね」

枕もとに坐って煙草をのんでいるパパを見ながらそういう。これにはパパも困った。三太郎自身がいろんな欲望に打克《うちか》ちがたく生れついているので、やはり子供にも甘く「一つだけだよ」などと申訳をして、欲しがるものは何でも食わせた。そしてはまたしくじった。

「父親は辛く母親は甘く」

父親と母親の役目を両方勤めなければならない三太郎は、どうかすると甘い方へばかり傾いていった。それに三太郎自身の感傷と憂鬱《ゆううつ》が、甘く動いていたのでもあった。

三太郎の憂鬱が、スペルミンに由来することも、その年頃の男の新しい発見であった。どこか内股のあたりに何とも言えない不安を感じた。

9

誕生日　3

その頃東京から京都の医科大学へきている緒方という大学生があった。東京に縁故のある同好を集めて、江戸ッ児会《こ》や短歌会などやるときにはいつも三太郎を誘いにきた。その頃、京極のハイデルベルヒと学生仲間に呼ばれていた江戸ッ児屋という正宗ホールへも緒方に連れられてよく出かけた。

「スペルミンがくることがあってね」

と三太郎が、はしりのそら豆などつまみながら言うと
「薬をやるよ、さ行こう」

気さくな緒方は、そう言いながら、さっそく出かける。背丈の高いくせに緒方はとてもせっかちで、制服の脚を急がしく運びながら橋を渡ってゆく。一尺も背丈が低いかと思われる三太郎がすぐあとにくっついて大股に歩いてゆく。

三条を渡って川端についてのぼると、赤い軒灯のついた家へ、緒方はずんずん入っていった。三太郎がぽかんと軒灯を見あげると「婦人科」と書いてある。

緒方は、内から三太郎を呼びこんで、医学博士某という男に紹介すると、すぐまた「さ、いこう」と、三太郎を促して川端をこんどは畷《なわて》の方へ歩き出した。手には赤い紙を貼った大きな壜《びん》を一本持っているのだ。

紺地に大柳とか嬉野とか染めぬいた暖簾《のれん》が、早い夏を知らせるように、風にひるがえる奥の方に、桃色の壁がつづいて、苔《こけ》のぬれた石灯籠《いしどうろう》が立っていたりするのがあった。

そこが、三太郎のスペルミンを実に事務的に合理的に処理するに好い家だった。

10

誕生日　4

　やがて高台寺の馬場の桜の蕾《つぼみ》が眼にたつような時候になった。古美術も神社仏閣も庭園も学究的に研究することに気の向かない三太郎のことだから、一順見て廻《まわ》るともう二度と出向かなかった。風光明媚の洛外の山水や季節の変り目よりも、東京の吉野から来るかも知れない風のたよりを待ち暮すようになった。ここで「風のたより」と書いたのは、三太郎にとって決して古風な洒落《しゃれ》や、道楽ではない。前にも書いたが、三太郎のその頃の細君のみさをが、吉野の親許へ吉野を貰いに出かけたことが、却《かえ》って二人の仲を誇張して報告しに行った形になって、結果は、世間並に娘は監禁されてしまって、それに通俗小説の型通り、母親が生みの母でなかったうえ、一人娘のことではあり父親がまた並はずれて子煩悩《こぼんのう》――というよりも、自分も一人の異性として三太郎を恋敵のように憎んだ。その三太郎に好意をよせる娘のことをつまり親に背く娘のことを、二重に愛しながら憎みだした。そんな風だから三太郎の方からは、吉野がまえに長唄を習いに通っていた師匠を中継にして僅《わず》かに消息を知らせる術《すべ》しかなかった。吉野の方も、外湯にゆくにさえ継母《ままはは》の監視がついたほどだから、文字通り風のたよりしか出来なかったわけだ。

　比叡山は相変らずあっけらかんと聳《そび》え、加茂川は黙りこくって流れていた。「あてかていつまでこの商売してる気やおへんね」と言ったように、それらしくもない、いやに伊達《だて》な帯をして指環《ゆびわ》などはめた身に染みない風俗をした豆腐売までが、三太郎には不愉快だった。

　方々の泣虫寺からは、いやでもきまって朝に晩に、心細い鐘の音が響いてくるのだった。

竹村座橋

11

誕生日　5

　そこは温泉ヶ嶽の頂上らしい。硫黄《いおう》の煙のもうもうと立ちのぼる噴火口のそばだった。そこで小児虐殺が行われているのだ。フランスのユロモで見たことのある画面そっくりだ。どこからか、でんがんでんがんと壬生《みぶ》狂言のはやしの音が、菜の花畑を渡ってくるかと思われるほどのどかに聞える、春の日の中で、惨忍な虐殺がしずかに行われているのだ。声も立てずに泣き狂う子供の中に、山彦も交っているのではないか。三太郎は驚いて夢からさめた。

　傍を見ると、窓からさす光の中に、山彦もぱっちり眼をあけていた。

　昨夜江戸ッ児会の花見の下相談に、緒方に誘われて家を出しなに
「パパどこゆくの、ぼくいけない？」どこへゆくにも大抵は連れて歩くのだが
「夜だからいけない」

「どこへゆくの？」

「世の中へゆくんだから、姉やと待っといで」世の中ッて何だといつか訊かれて、いまに大きくなったら、わかると言ってきかせたことがあった。

　三太郎は世の中へいって夜更《よふ》けに帰ってきた。その夜、小児虐殺の夢を見たのだった。三太郎は、世の中へいったことを朝の床で山彦の眼を見ながら、悔いていた。

「京都は青年の住む街じゃないね」

　三太郎は自分をも青年という言葉のうちにこめて、京都で知合った若い絵をかく青年をつかまえて、元気らしく言って見せた。

「京都へきてはじめて、苦労を知ったよ。苦労っていうのは、自分の仕事と関係のないごく通俗な生活のね。そして人間が腐ってゆくよ」

12

誕生日　6

　ある朝早く、車屋が一通の手紙を持って戸を叩いた。五条小橋詰の屋方栗川朱葉としてある。「いま着いたところです、町の様子がわかりません。つれにきて頂きたいのです、いそぎお目もじのうえ山山」とある。とりあえず三太郎は出かけた。朱葉というのは、その頃かなり有名な女絵かきだった。山川吉野とも交友があったので、彼女の消息も聞くことが出来るくらいに、三太郎は思っていた。朱葉は三太郎の顔を見るなりいきなり「吉野さんは、すぐ京都へきますよ」というのだ。

「ほう」

「あら、知らせて来ないの」

「そんなことはちっとも」

「じゃ、あなたをびっくりさせるつもりなのよ。でも、ここまで漕ぎつけるまでには、そりゃ世話をやかせたわ」

　朱葉は、大げさに嘆息して見せて、世話のやけた話をした。吉野がいうには「なんにもあたし絵かきなどになるのはいや、ただそばへゆきたい」ですって。だってあの通りお父さんはかんかんでしょう。そんなやんちゃが通るものですか。で、私も考えたのよ。広葉先生に何もかも打明けて、お父さんを口説かしたの。あの娘は有望だから、京都へ修業に一年二年やって見たらってね。そこはお父さんも慾があるわ。文展の審査員の言うことですもの、ものになりますなら一つお願いしましょうか、と折れたじゃないの。もうこっちのものですわ。それで私が京都へ橋渡しの役を引きうけて、下宿もたしかな知合があるからと言って話がきまったのよ。たしかな下宿があなたのお家なんです。

13

誕生日　7

そんなこととは知らずに、三太郎は赤いレッテルを貼った劇薬の壜を持ち歩いていた自分を、いささかはじたが、なんしろ喜んだ。

さあそうなると三太郎は、お祭の朝、子供の母親がしつけの糸をとる間をもどかしがって、お祭が逃げてでもゆくように、気がもめる子供の心になっていた。

「いつ来るんです」

「私が電報をうてばすぐ来るようになっているの」

「…………」

朱葉は笑いながら、順序としてやはり一応広葉先生の紹介状をもって西望先生を訪ねなければならぬこと、電報は出しても、やはり女だから、何かの心支度もあり、早くも一週間はかかると、三太郎に言ってきかせるのだった。

西望先生は、三太郎が学生時代に逢ったことはあったが、仕事のうえで尊敬してもいなかったし、殊にこんなことでお辞儀するのはいやだったから、朱葉を門のところまで送っていって、家へ帰って待っていた。

間もなく朱葉は帰ってきて、三太郎の画室にしている二階から、腰をかがめて見上げるような八坂の塔や、寺の境内の畑や、大木の桜を見た。

「好いところねえ、吉野さんがきたら、『あらまあア』って言うでしょうね、あのひとのくせよ」あのひとのくせを言いだした朱葉もうれしかった。

二軒茶屋でおそい昼飯をしながら、円山公園の絵葉書へ吉野へあてて寄せ書きをした。三太郎は、ただ庭の石のうえに男の立姿だけを画《か》いた。

14

　読者諸君。作者の計画では「五月祭」の小見だしからいきなり三太郎が最近に新聞のゴシップにいまいましい浮名を流した事件を書いて、幸《さいわい》に読者諸君の期待に添うつもりだった「五月祭」の頃の山彦の誕生日から、やがて八年後の誕生日の朝、事件が突発するところから筆を起す考えだった。その誕生日は、親子が長い放浪生活をやめて、三太郎は東京市内の宿屋から、山彦は預けられていた他人の家庭から、幾年振りで自分の建てた家へ共に住むようになってから初めての誕生日だったのです。自分で植えた藤の花がはじめて花を持った、バルコンで朝の茶をのむはずだった三太郎の生涯を画する、このすがすがしい五月一日と、親と子が宿のない犬のように、どこかの料理屋へあがって頭つきの鯛をたのんだ時代の対比を書くつもりで、その時代の日記やスケッチ帖をくりひろげているうちに、この素人《しろうと》作者は、いろんな事に興味を持ちだして誕生日のことなど忘れたように三太郎の京都時代を腰をおろして書き出してしまった。

　そこで、もう小うるさい小見だしなどやめにして、山も川ものべたらにどこを読んでも三太郎の生活に違いない、どこからでも気に向いたように書いてゆくことにしましょう。

　それに、この京都時代は、三太郎の生涯のうちで、最も光彩陸離なロマンチックな場面に富んでいる。読者諸君、作者をして、今少し三太郎の京都時代について語らして頂きたい。だが作者は、三太郎が何をしたかを好い気で書くつもりではない。いかに生活したかどうしてそういうことになったかを、かきたいとおもっている。

15

朱葉宛に、吉野から電報が入った。

「マッテチョウダイ四五ニチウチニ」

しかし朱葉は
「私はもう用はないわ。それに明日長崎へゆく約束になっているのよ」そう言って、其晩《そのばん》の急行で長崎の方へ立っていってしまった。

四五日が一週間になり、一週間が十日になっても、再び電報は来なかった。

吉野に見せたいと思う桜もいつか咲いて散り、都踊りも楽になり、島原の道中が過ぎると、壬生狂言もすぐおしまいになろうとしていた。

もう待つことにも、草臥れて、おれはそんなことにばかり、気をとられてはいないぞ、という気になって、近く開くつもりにしていた個人展覧会の製作に珍しく画架のほこりを払っている朝のことだった。

「まるでもう、娘をお嫁にやる母親の心づかいです。もう三時です、やっといま友禅の小蒲団を縫いあげたところです。これで水仕事でも出来るように、ふだんのキモノも洗濯しました。それにもうじき夏でしょう、あれもこれも――」

なんて女は馬鹿だろう。三太郎は思うのだった。そんなことなどどうだって好いじゃないか、こんな爽《さわ》やかな五月の太陽の中に、ふだん着など縫っている気が知れないと思った。

「今月中に来なけりゃ、もう来なくても好いって言ってやって下さい」

「あらまあ、そんなことを言って。そりゃあのひとは、ほんとに可哀そうよ」

朱葉を送って京都駅の汽車の窓で言ったことを三太郎は思い出した。

16

飛行機のように、突然姿を現したかとおもうと、いつの間にか慌《あわただ》しく行ってしまった朱葉も朱葉だが考えて見ると、吉野が京都へ出てくるというのも突然だ。

そういう風にちゃんと運命に約束されていたようにも思われるが、なんしろいろいろな困難を越え、手数の掛ったトリックを弄して家を出ようとしているのだ。三太郎という男は、エゴイステックでそういう運命に対して怖れることを知らない好い気な質《たち》で甘え放題運命に甘えてあとで毒薬を飲まされることを知らない男だ。

なんしろ三太郎は、吉野を待つことに何もかにも忘れて、飛行船がとんでくるのを待つ子供のように——人間が遠くいる人を待つ時には、どういうものか空を見あげるものだ。来る日とか時間とかが決まっていれば、レイルを見るとか道の方ばかり見ているところだがいつ来るともあてのない人間を待つのだから三太郎もやはり、漠々とした東山のうえの空を眺めていた。

「パパ、東京は、どっちの方？」

山彦は父親の心を察して訊ねた訳ではむろんない、彼には彼の東京を思出す謂《い》われがあった。

「……パパの向いている方だ！」

いつもなら根ほり葉ほりものを訊ねる山彦もいつになく怒りっぽいパパの機嫌にへきえきして「ふふーん」と言ったきり、黙ってしまった。

17

まえにもちょっと書いたが、三太郎が先生と呼ぶ人の許へ「いよいよ絵かきになろうと思いますが」と相談にいったことがあった。田舎の父親から、思惑通り三太郎が学校へ行かないので「以後万事其許《そこもと》の自由たるべし」というさっぱりした絶縁状が届いた頃で、これで三太郎が望みの学校へどこへでも入れる。その話をきいて三太郎が尊敬している先生は「そりゃ好かった。しかし君が持っているものは美術学校などへゆくと失《な》くしてしまうだろう。自分を育てるために自分のデッサンだけ心掛けてやって見てはどうだ。そういう孤立の道は苦しいかも知れないが、日本に一人ぐらい君のような特殊な画《え》かきがあるのも面白いではないか」というのが先生の意見だった。三太郎はその通りに一人ぼっちの道を歩いてきた。今日になって見て、三太郎には苦しい道でもなんでもなかった。ただ貧乏なことは貧乏だった。それに世間的に作品の相場のきまる公設の展覧会へも出品しないし、したがって一人のパトロンさえいなかった。そんな風だから三太郎の絵には市価がなかった。たまに好事家《こうずか》が彼の絵を買ってくれても、僅かな涙金を帰るときおいてゆくと言った調子だった。

今でこそ、三太郎の画くような女が現在生きて街を歩いているが、その頃三太郎の画く絵にはコスモポリタン的な一種の特異なタイプがあって、三太郎も名前だけはなかなか有名になっていた。三太郎はそれを利用することよりも利用される方が多かった。

18

画かきと購買者との間に立って売買をする人間があることも、三太郎はだんだん知ってきた。これも三太郎の場合には、ちょっとした美術批評家らしい男だとか村役場の収入役のような髭《ひげ》なんか生した人間などが、三太郎の画室へ出入りするようになった。いかがですこのごろは長良川へお出かけになりませんか、ちょっとした半切の四五枚も画いて頂けば充分遊んで来られますよ、と言って三太郎を誘ったりした。結局三太郎は、旅から負債を土産《みやげ》に帰ってくるのだった。

ある男など、自分は田舎の美術的本屋ですが、此度《このたび》店を閉じるについて、あなたの小品展覧会をやって最後を飾りたいについて、お情に色紙を二三十枚お願いしたいと持ちかけて、結局それを大阪方の美術商へ売りこむようなことをする男だった。その男が最近田舎で幼稚園を建てるについて社会奉仕のため絹本を五十幅安く寄附して貰いたいと言ってきた。そのお礼の出所を銀座の梅屋へ持っていって、そこで浴衣の会をやることに、その収入役のような男の思いつきで、三太郎も梅屋のその係の主任に逢ったり、文士や画家や俳優にまでその男を紹介してやったりして、会を作りあげるまで世話をやかして、結局、その社会奉仕の男が一人、あっちもこっちも自分のものにして、いつの間にか三太郎をすっぽかしてしまった。

なんでもその男は、一灯園へも入ってきたとかいうので、いつも手紙のはじめに「合掌」とこくめいに書いてきた。

「おいおいおれはあの合掌がきらいだよ、結局おれが拝み倒される気がしていけないよ」

三太郎もその頃は、笑いながらその男に言ったものだ。

19

一灯園風というのかどうか知らないが、その男は良心も徳義もとっくに社会へ奉仕してしまったらしい。その浴衣の会の事務所を田舎の幼稚園へ持っていったことなどは三太郎にはどうでも好いことだが、三太郎の画いた絵を、名古屋の梅坂屋へ持っていって、三太郎個人展覧会を、三太郎に一言の断りもなくやったということを会がすんだあとで、他から聞いたのには三太郎も驚いて、腹を立てた。

「私は乞食です、何事も社会のためにしているのです、悪いことはいくらでもあやまりますから」とその男は頭を下げて見せたが、三太郎はもうそのうえあやまられるのは閉口だった。ところがその後三太郎のいない時やってきて、自分のあずけた絹地だと言って、三太郎の預かり物の絵絹を一疋《いっぴき》その他を持っていってしまった。この男にしては不似合な置手紙に「もし違っていたらお返しします」と。

それきり顔を見せないが、今でも銀座の梅屋でその会をやっているらしい。三太郎も紹介した先《さ》きへ一応紹介の取消しを出すべきだし、梅屋の係にも報告すべきかと思っていたが、三太郎より、より多く馬鹿を見るような人達もあるまいからと考えたのと、また例の不精からとそのまま、まあ結句奉仕が来ないことだけでも助かるとおもった。

「私のような人間をうまく使うのはあなたの利益なんだが」とその男はある時言ったが、とても三太郎に使いきれる男ではなかった。

それにその頃、三太郎は例のごたごたの最中で、実はその男になど掛合っていられなかったのでもあった。

20

三太郎が個人展覧会の製作でやきもきしているに拘らず、運命を怖れているにもいないにも拘らず、吉野は、とうとう三太郎の許へやってきた。

アスヨル一〇ジックシンダイ一六バンマイハラマデムカエニキテ

という電報がついた時は、これはあとで気づいたことだが、米原のプラットフォームで、はるばる彼に逢いにきた彼女を見つけた時よりも、遥かに純粋に喜べたことだった。どういうものか、これも三太郎を知るうえに必要だから書いておく。

待ちぼうけには懲《こ》りている筈《はず》なのに、相手がよしや婦人でさえ、いつも約束の時間よりずっと早目に約束の場所へきて、いつまでも待たされる昔ながらの三太郎だった。

だから電報がついてから中一日というものなんぼう落着かないで暮したことか、夏らしい窓掛を買ってきてさげるとか、六兵衛の茶碗をそろえて買ってくるとか、まめにそんなことを気にして飛びまわる彼だった。そのくせ髯をあたるだの、風呂に入ることの極めてきらいな彼だった。彼の哲学によれば「風呂に入るのは美しくするためではない、汚れたとおもう所を洗い落すためだ」というのだ。だから汚れないかぎり、いつまでも風呂などへ入る必要はないわけだった。

ところが、吉野を迎えた日の夕方、彼は石山の柳屋で、絶えて久しい風呂へ入ったことだった。

石山を望む図

21

朝七時、吉野をのせた急行列車は時をたがえず米原の駅へ入ってきた。寝台車を見つけてゆくと丁度《ちょうど》吉野は桃色のタオルを指の間にはみださせて化粧室を出てくるところだった。同時に互を見つけた。吉野はいつもの癖の「あらまあア」も言わなかった。深く濡れた眼で黙って三太郎を迎えた。三太郎も何を言って好いかわからずに、タオルを持った手をしっかりと握ったまま十六番の寝台の方へ走っていった。

三太郎はどんどん手荷物をまとめて赤帽を呼んだ。七条まで乗ってゆくつもりの吉野は三太郎が追手を心配してでもいるのかと思ったが、それを訊こうともしないで、三太郎のするようにして、米原で降りた。そこから別の汽車に乗りかえて石川で降りて、瀬田の橋を並んでぶらぶら歩くところまできて、やっと寛《くつ》ろいだ気持になれた。

「彦ちゃん、どうしてます」

「パパ、パパで世話をやかしているよ。それよか家の方の首尾はうまくいった」

「大丈夫、朱葉さんをすっかり信用して居ますから、朱葉さんすぐ長崎へいらしたようね」

「ああ、吉野さんを待ってた日にゃ、年を老《と》って了《しま》うからね」

「まあア、あたしだって随分苦労したわ。生れてはじめての一人旅なんでしょう。あたしは何とも思わないのに、父はそりゃあ心配して、京都まで送ってゆくってきかないのを、やっと静岡で勘弁して貰ったの、でも夜明けに逢坂山のトンネルをぬけて、知らない山を見た時には、ちょっと心細かったわ。あら、これが瀬田の橋ね」

「あれが、何とか言ったっけ、近江富士の三上山さ」

22

「展覧会の作品はお出来になる」

瀬田川の白く光る川面《かわも》と、地肌の白く禿げた国境《くにざかい》の連山を背景にして、柳屋の二階の欄干にもたれて、豊かに坐った吉野の逆光線の姿勢と、襟もとにぽっかりういたハイライトを、眼をほそめて三太郎が見たとき、吉野も製作のことを思い出して、見られている姿勢を崩さないように注意しながら、訊ねた。

「なかなか画けない。こんどはすっかりモデルを使わずに、頭と感覚だけで画いて見ようとおもっているんだが、どうもやはりぼくには写実の手掛りがないと構図がつかないんだ。そう言えばぼくの生活にもその傾向があるね」

「どういうことなの」

「つまりひとりでは寂しくていられない人間なんだね」

三太郎は吉野の顔を見ないで、それを言った。吉野は黙っていた。そして、暫《しばら》くして言った。

「これからはお出来になるわ、きっと」

それは三太郎に対する愛の最初の言葉でもあり、遠く家を捨て、男の許へ身を寄せた娘の、自分に言いきかせる、誓言《せいごん》でもあった。

三太郎はこういう美しい構図に出会《でくわ》すと、表現の意志は充分に動きながらも、がむしゃらに鍛えてゆく力がどこかに足りなかった。表現するまえのところで立ちどまって、そこで溺れてしまう。出来上った作品の中にもつねにその足りないものを自分でも感じていた。

「画くよ、画くよ。素晴しいものを」

23

昨夜おそくまで話しこんで、タッチなど作っていたが、そのまま画室にしている二階でうたた寝をしてしまったのだった。吉野はふっと眼をさまして、窓のカアテンを引くと、そとはほかりと明るかった。もう夜があけたのだ。

山の方から松林を越えて押寄せてくる青い風が、なんという香《かぐ》わしい——かぐわしいと言っては弱すぎる。むっと霊を押え附けるような花と葉の匂《におい》が、カアテンとほつれ毛をそよがせて、窓から流れこんだ。カルトンやカンバスや書物や紙の中に、三太郎はクッションに顔を埋《うず》めて、まだぐっすり寝こんでいる。

「なんて好い匂いなんでしょう」

吉野は三太郎を起すために、なんと呼びかけたものか、それを真面目に考えているうちに、自然と唇がほぐれて、思わず声を立てて笑い出した。

「何だい馬鹿のように笑っているじゃないか」三太郎は眼をさました。

「ええ、あたしすこし馬鹿になったようよ」

こんな風に三太郎の京都の生活ははじまっていった。三太郎の製作もだんだんはかどっていった。越えて七月になると、京都の蒸暑い夏がやってきた。山彦はその頃からいつものお腹をこわして熱を出す日が多かった。

「すこし温泉へでもいって、元気を養って来たいな」三太郎は地図をひろげて見た。

「この赤線の引いてあるところ、なあに」

「ぼくが歩いたところだ」

「あたしこんなに遠くにきたの」

「加賀へいって見ようか」

「どこでも好いわ、どこも知らないんだから、彦ちゃんの身体にきくとこが好いわね」

24

三太郎の加賀の旅は、夏のはじめから秋口にかけて四ヶ月ほどであったが、その間に水絵を十数枚、油の構図を若干、スケッチ帖を四五冊の収穫を得た。しかし山彦が三国の港であやしいアイスクリームにあてられて、三週間ほど金沢の病院で三太郎と吉野とが昼夜附きっきりで看護せねばならなかった。その時はじめて三太郎は母親のない子供を持った父親の苦労、子供を隔てて対する彼と彼女との間柄のむずかしさ、しかしまた女というものの愛に根をおろした辛抱強さをも見ることが出来た。

その頃金沢の新聞社に、東京で顔を知っている西東南風がいた。山彦の病状が何時《いつ》まで長びくか知れないし、一つには経済的災難にも充《あ》てるために、南風のきもいりで小さな展覧会を催すことになった。この展覧会で知合った人達が、後に三太郎の身の上に起る事件にふかい関係を持つことを、三太郎の知るはずはなかった。

なんしろ山彦は三週間で退院はしたものの予後のためにも、どこで感染《うつ》ったものか手の指に小さな腫物《はれもの》が出来たので、医師の注意で街から四五里山奥の薬王山の麓《ふもと》の温泉へゆくことになった。鏡花の女仙前記にたしかあったとおもう湯涌という人間放れのした山間《やまあい》の部落だった。どこともなく菊の香のただよう秋日和《あきびより》の中に、素朴な山鳩の独唱と、やさしい流れの伴奏が聞かれた。

「あたし髷《まげ》に結って見たいわ、好いの？」

ある朝、吉野は鏡のまえで身じまいをしながら、鏡の中の三太郎に言いかけた。

25

三太郎は画かきとして美しい女に対している時ですら、どうかすると、女の単なる友情の中へでも、ブラシを捨てて溺れる、とまえに書いたが、反対にまた、世の何物にも代え難い女を両腕に抱いている時でさえ、耳の穴の中に垢一つでも見つけると、汚い人形のように窓からその女を投捨てて顧みない彼でもあった。と言って彼の愛する吉野に耳垢があったわけではない。それどころか彼女の左の襟あしには、人相筆でぽつんと画いたほどの美しい黒子《ほくろ》さえあった。この黒子を眺めながら、彼の霊は、耳のうえにほつれた髪をつかまって有頂天にブランコをするほど、それはまことに可憐な風景であった。

「まだフィルムが残っています？　じゃ一枚写してちょうだい、もうこの髪がこわれるから」

「じゃあ、ぼくと一緒にとろう。おい彦、お前ここんところを、かちんと押してくれ」写真機を卓子《テーブル》の上へ乗せて、縁側の欄干に寄りかかった吉野をレンズの中へはめておいて、三太郎も、彼女の方へいった。

「あたしが死んだら、父が泣くでしょうね」彼女は、彼女と並んで立った三太郎の足のうえに、そっと自分の素足をのせながら、しみじみというのだった。

「好きな人とこうして死んでいたら、また泣くでしょうよ」

「ねえちゃん、好いかい、かちんとやるよ」写真師が注意した。

「ちょっと待って」彼女は帯の間から手巾《ハンカチ》をとりだして、眼のうえを拭いた。

「どうしたんでしょ」でも彼女はすぐ晴やかに笑いながら「さ、彦さん、好いわよ」

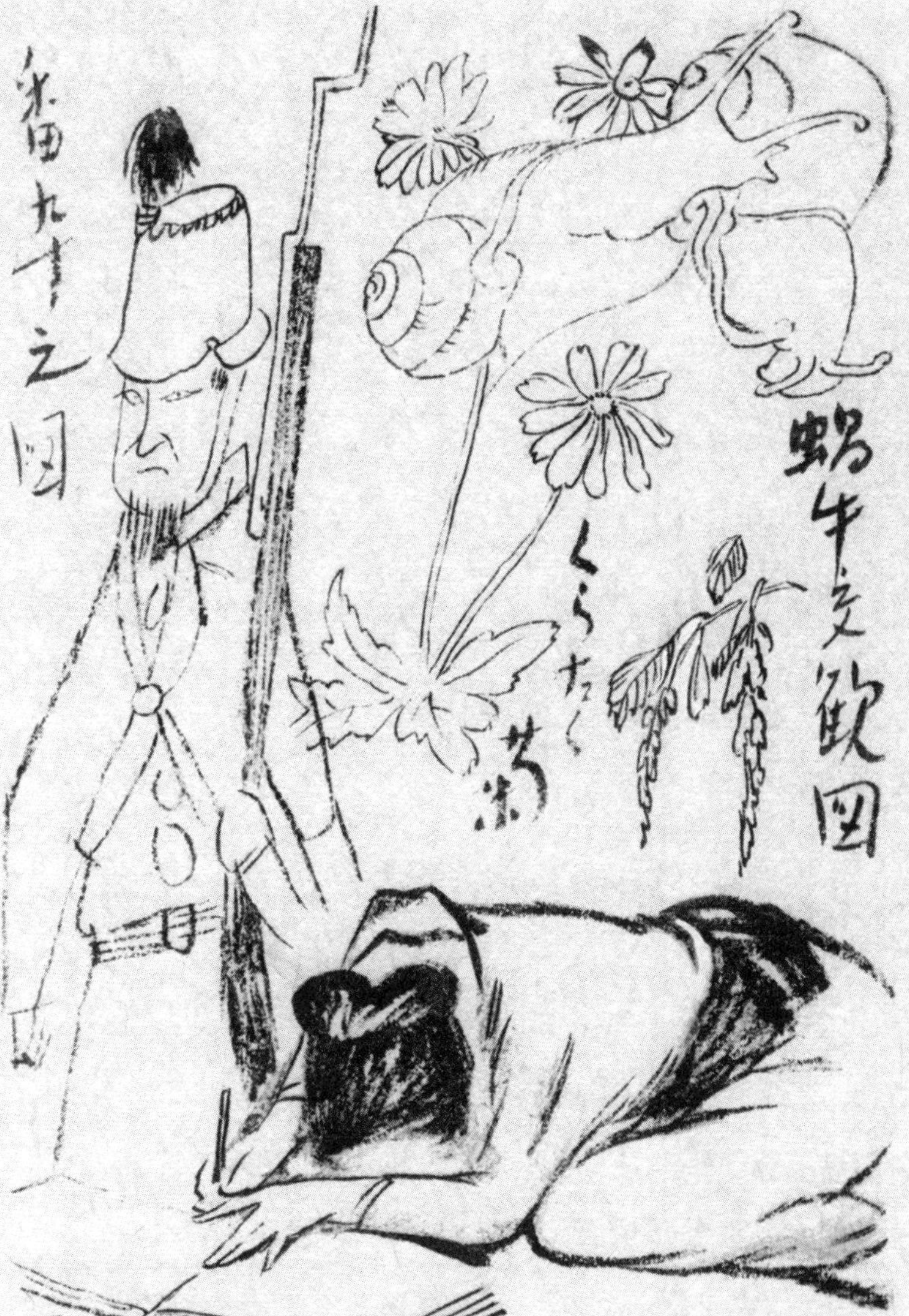

蝸牛交歓図
28 SEP 1917

26

錦木さん、南風は彼の細君のことをそう呼んで話した。街から酒の肴《さかな》を買込んで夜中の三時頃、三太郎の宿を訪ねてきた南風の、この話は、彼を中心とした詩の会の連中から三太郎は聞いていた。その女というのが女教員で袴をはいて細君や子供のいる南風の家へ泊ってゆく。いや南風が細君をなぐりつけてその女を泊めるのだ、と細君びいきの青年達は、三太郎に言ってきかせた。

「いや、その前の夜も、末っ子を抱きしめましてね、錦木が言っているのです。母ちゃんと死ぬのかえ、南風は盃をおいて、感傷的にそれを話すのです。私は剃刀《かみそり》を取上げたんですが、今夜は台所で出刃包丁を磨《と》いでいる様子が、絵のように、二階に寝ている私にちゃんと見えるんです。ふと枕から頭をあげると私の首の下には細縄が布《し》いてある。私は走って居りましたが、木立野をぬける間の長いことと言いましたら」南風の話振りは、今彼が見てきた緞帳《どんちょう》芝居かなんかのように、薄暗くてとぎれとぎれで、実感の薄いものだったが、しかし南風自身が主役で二時間も前に演じたばかりの悲劇に違いなかった。たとえ一度二度会ったばかりでも、知っていて見れば誰にひいきをすることも出来ない、と三太郎には思えた。

「兎《と》に角《かく》、東京の里の方へ還《かえ》すことに、従兄《いとこ》に頼んで来たのですが、――」そんなに南風の都合の好いように納まるかどうか、悪魔だけが知っていることだ。

南風が帰っていってから、三太郎は自分にもわからない憂鬱を感じて黙りこんでばかりいた。

「どうなすったの、何か昔の事でも思い出したのでしょ」吉野は、だが、あとの方はさすがはしたないと思って言わなかった。

27

しっくいで水という字の紋のついた蔵が、窓と向合って立っていた。朝々三太郎は、雀の声に眼をさました。それから朝日のさした蔵の白壁を見ていると、心の故郷へでも（実際の故郷は人を怡《たの》しくしない）帰ったように心が安まった。

「田舎の伯母様《おばさま》の家へ帰ってきたようね」

「そうだ帰ったという気持だね」

三太郎はこの朝も二階から外を眺めていた。「あら、あの人じゃあない？」

「どうもそうらしいな」

三太郎の隣室の客に、城下の廓《くるわ》にいたという女がいた。端唄《はうた》の一つも弾ける女で、吉野はいつか身の上話をきかされるほど親しくなっていた。その情人に、この近在の百姓で、この女にすっかりはまって山も畑も何も要らなくなった男があった。

この男は女房や子供達をつれて、別な宿に湯治にきていて、そっと廓の女に逢っていたのだ。女の方もそんな無理な冒険をするほどだから、なみなみならぬ仲ではあったのだ。因果とすぐに女房はそれをかぎつけて、死ぬの殺すのという騒ぎの、今朝だ。

湯治といっても木賃のような間借で自炊をするやつで、その男が蒲団や釜や雑嚢《ざつのう》を背負って、上の子の手を引いてゆくと、後から女房が監視の形で、下の子をおぶって両手にも何か包《つつみ》をさげて、今山を降りてゆくところだ。

あちらの二階からもこちらの窓からも、暇つぶしの湯治客が、嘲笑や同情を投げて見送っている。

この時「う」という何か物を呑込むような音がして、三太郎の隣の廓の女のいる室《へや》の障子がばたっと閉まった。三太郎は思わず吉野と顔を見合せた。間もなく、そこからわっという女の泣き声が聞えてきた。

28

「素直で情が深くて純なまるで小娘のような人なのね」吉野は廓の女の室から帰って、帯をときながら三太郎に話してきかせた。

「あのひとがいうのよ。奥様――奥様だってあたしのことを、まあね――私は死んだ方が好いと思いますけれど、あの男を連れていっては子供達にすまない、それかて、私ひとりではまだ死ぬ決心がつきません。でも、奥様、私は死んだ方が好いでしょうかって、いじらしいひとなの、あたしがあの男だったら釜を背負ってすごすご帰りゃしないわ」

「それで、君は何《な》んて答えたの」

「何とあたしに言えるものですか、なんにも言わずに、いっしょに泣いてやったわ」

その翌日、廓の女は三太郎の室へきて、城下の見える山へ連れていってくれと頼むのだった。いつか三太郎は、山へ登ると金沢の城も廓も一目に見えると話したのを、覚えていた。道が険しいと言っても、女はきかなかった。三太郎はとうとう、女をつれて山へ登っていった。

「ほら、あの黒い森が兼六公園だ。あの左方の白い壁が、君の廓にあたるわけだね」

「ほいに。それでは旦那はん、野市村はどの辺にあたりますかいに」

「さあ、そいつは分らないね」

「なんでも浅野川の上の方やとこと」

「浅野川なら、ほら、この松の木の上に見える、あれだがね。野市村って、その男の村なの」

「はい、旦那はん」

彼女は予《あらかじ》め意を決して、恋しい男に遠い別れを惜しむために山へ登ったのか、それとも、男と遠く隔てた山や川を見て、にわかにその気になったものか、その晩、後の山へいって首を縊《くく》って、廓の女は死んでしまった。書置も何もなかったが、ただ一つの遺産と見える一挺のぼろ三味線に「おとなりのおくさまへ」と書いてあった。

29

死んだ女には、三太郎も吉野も好意を持っていただけに、山の宿が淋しくて堪えられなくなってきた。それに山彦の腫物も殆どよくなったので、三太郎達も急に山を降りることにした。

よくこの辺へ散歩にきた橋の上へ車がきた時、三太郎は振返って山の温泉場や薬王山の峰つづきを仰いで見た。もう再び見ることもあるまい、これ等の山や川や、そこで逢ったあの人この人に別れを告げた。

金沢へつくと、三太郎はまず南風の住居を訪ねて見たが、南風夫妻はいつものようにがみがみと子供の世話にかまけていると言った風だった。三太郎は話のようだとも思ったがしかし安心もした。

その晩は三太郎の宿へ、古く新しく知合った人達が二十人ばかり集まった。告別の心づもりで酒などくんで話もはずんだ。一人の男の話を何げなく聞くと、例の野市村の百姓が女房と子供をつれて家へ帰るとすぐその足で湯涌へ引返して廓の女の後を追って、これも同じ場所で首を吊って死んだというのだ。三太郎が山を降りてきたおなじ日で、行違いになったわけだ。

「よしよし、それでよし。ほかに仕方がない」三太郎は独りそう思った。

「十月が袷《あわせ》をとりにくる」という、諺《ことわざ》のように、金沢をたつ頃は初秋の風がたちそめて、木通《あけび》の果《み》の白さが身に沁みてきた。三太郎は追われるように京都へ帰ってきた。

「やれやれ、とにかく帰ったね、しかしどうも自分の家の気がしないね、京都では」

「おすしを食べにだけ、ちょっと東京へ帰りたいわね」

「ぼくは銀座のウインナのチョコレイトソウダがのみたいな」

「あの白い卓子によく坐ったものね」

「東京の話や食べ物の話は止《よ》そうよ。万事これで好い」

30

十月十一月十二月、越えて翌年の三月三日まで、三太郎は勉強もしたし、吉野は幸福そうな三太郎の妻であり、子供の若い母でもあった。加賀の旅から帰った頃東京の方で吉野の学校友達だった女が、やはり絵の勉強に京都へきていた。三太郎の近くの寺に間借りして、毎日のように——後にはずっと居なりに三太郎の家へ寝泊りしていた。家の中はいつもままごとのように無邪気で、お祭のように賑やかだった。ところが肺の弱い吉野は、京都のしつこい冷気にあてられて、とかく病気勝ちだった。それに二月頃から腸をわるくして「魚がしのおすし」どころではなかった。毎日粥《かゆ》ばかり食っていた。三月に入ってから「もう何をあがっても好いでしょう」と医者の許しが出たので、明日は快気祝をかねてお節句の御馳走《ごちそう》に、円山あたりまで歩いて、どこかで食事をしようということにして、吉野も久し振りに髪をあげて、寝白粉《ねおしろい》などつけていた。床へ入ってからも、みんな妙にはっしゃいで明日のピクニックの趣向や献立に興奮してみんなが眠りついたのは、なんでも夜明け近い頃だったろう。

「奥様、奥様。東京から……」女中が吉野を起している声を、夢のように聞きながら三太郎が眼をさますと、吉野はもう起き上って、声をころして女中に何か言いつけて、三太郎の方へ「父がきたのよ」と言って寝衣《ねまき》を着かえている。吉野の慌て方に三太郎もつりこまれて着物をきた。山彦も夏枝(吉野の友達)も、緊張した空気の中へ眼をさました。

「兎に角、まずぼくが逢おう。吉野さんは静かにしておいで、何でもないよ」吉野の父親というのは、前に精神病院に入っていたりして、どんなことでも仕出かしかねない人間だと、かねてきいていたから、三太郎はわざと、みんなにそう言ってきかせたのだ。

吉野と近への汽車来る図

31

「君の所に下宿している娘を連れにきた」玄関へ出てきた三太郎に、父親はいきなりそう言った。

「そうですか、しかしここで話も出来ませんから、まあお上《あが》んなさい」三太郎はおだやかにそう言って、父親を二階に招じた。三太郎は東京の方で、この父親には逢ったこともあるのだが、父親はまるで知らぬものにいう言い方だ。実は三太郎も吉野との同棲については、いつか広葉にも朱葉にも立会って話して貰う腹で、しかしそう簡単に納まる話でないので、その機会をずるずるに先へのばしていたのだが、父親にこう突然やって来られるとは思ってもいなかった。

「もう何もかも御存じなのでしょうから、ぼくから申上げますまい。実はこちらからお願いにもお詫《わび》にもゆくつもりでいたのですが、ついその折を得ないでいたわけです。この機会にと言ってはあなたは御不満でしょうが」

「いや、そんなことは聞きたくはない。娘をつれてゆくについて、下宿料さえ払えば君の方には文句はない筈だが」

「あなたは吉野さんとぼくとの仲を、下宿屋と下宿人との関係にして、お引取になろうとなさるのですね」

「朱葉の話で、わしはそう信じているのだ」

「そりゃそれに違いありませんが、あなたにしても吉野さんがぼくの家にただ下宿していたとして、気が済みますか、第一吉野さんの気持を……」

「わしは吉野の親だ。あれがどう考えていようと、わしは自分の考え通りするのだ」

「それは御自由ですが、吉野さんがあなたの意に叛《そむ》いて家を出た事実を隠すことも出来ないし、そうなった事情を――つまり心持の経過を認めないで、吉野さんさえ連れてゆけば事が済むと思っておいでなのでしょうか」

32

「それではどうしろというのだ。吉野の食費を払えばそれで好いのだろう」

「もうそんな心にもない事を言うのは止しましょう。あなたはぼくがそんな言い掛りを言っているのではないことも、吉野さんの決心もよく知っておいでなんです。そして、ぼくが今言おうとしていることを、怖れていらっしゃるんです。ぼくは親としてのあなたの怒りも娘に背かれた悲しみもお察し出来ます。しかし、私達はここまで歩いて来ました。これからも歩いてゆくでしょう。私はここで改めてお願いがあります」三太郎は真直《まっす》ぐに父親の顔を見た。父親の眼には涙が一杯たまっていた。

「その事はもう言わないで貰おう。わしのためにはあれは可愛い一人娘だ。顔を見ながらこのままここへおいてゆくわけにはゆかない。ひとまずわしの心を察してあれを返してくれたまえ、わしの方からお願いする」そう父親に出られて見ると三太郎も言うべきことも言えなかった。

「では兎に角吉野さんをここへ呼んできます。どうかお叱りにならないように」

「そんなことはわしの勝手だ」どうもこの父親の興奮は少し変だと、三太郎は思った。

「そうですか、それにしても、吉野さんの身体を縛る事が出来ても、心をあなたの自由に出来ない場合の事を、ぼくは考えて申上げたんです。それに吉野さんはいま病気です」

結局、吉野は父親に連れられて東京へ帰ることになった。三太郎は吉野と父親とを七条の停車場へ送っていった。出入の車夫が吉野に奥さんと呼びかけたのを、父親が聞きつけた。「車夫までが奥様って言《いい》やがる。もう君帰ってくれ」興奮した父親は三太郎に怒鳴った。吉野は「どうか今父に逆らわないでね、あたしが可哀そうよ」そう顔で三太郎に言った。三太郎は遠くから、いまいましい汽車を眺めていた。

33

吉野を遠く送った三太郎は、これは父親にうまく欺《だま》されたなと思ったが、吉野のためにはそれで好いのだともあきらめた。一週間ほど過ぎて夏枝宛に吉野からたよりがあった。

なよなよと東京へつきました。家に帰ったとは言いたく御座いません。家の者の眼をしのんで急いで書きます。どうぞ先生をお願いします。身体がふるえて何をどう言って好いのかわかりません。くれぐれも先生が淋しがらないように力をつけてあげて下さいまし。私のために展覧会がまずくならないように、それをおもうとしず心もありません。

実際三太郎の展覧会はもう来月に迫っていた。会場の設備もすみ、ポスタアも刷上っていた。この展覧会をきっかけに、三太郎は吉野を携えて外国へ出かける心組みで、ポスタアにもフェア・ウェルなどと刷りこんでおいた。母方の従兄で神戸で銀行などやっている男が、二枚の壁画の報酬として二人の三年間の外国旅行の費用も引受けてくれていた。その壁画もこんどの展覧会の目録の中に加えられる筈で、芸術家としての三太郎の腕を示す好機会であった。官立展覧会の肩書を持たずに市価も持たない三太郎は、この展覧会の成功を吉野の父親への結納にする意気組だった。しかし吉野あっての展覧会であり洋行なのだから、吉野にゆかれた三太郎は、何もかもどうでも好いような気持になってしまった。

しかし期日は来た。ともかくも展覧会の第一日のふたを明けた。会場は岡崎の図書館の楼上で、午前八時の開場時間に先立って、まえの広場に自動車や観客が黒く集まってきたときには、三太郎も窓から首を出して、涙ぐんで帽子を振った。「こんな所を吉野さんにお見せしたい」そばから夏枝が言った。

34

世間には嫁の媒介や婿の世話をまめにすることの好きな人間があるものだ。男と女の仲のとりもちをして、自分達の青春が過ぎたため、それによって性的刺戟《しげき》を求めているらしい傾《かたむき》が見える。こうした夫婦が三太郎の前にも現れた。男はアメリカ帰りの歯科医で、女は土地の名家の娘で、これもアメリカへ、何しに行っているのだか、神戸あたりのアメリカ人と駈落《かけおち》をしたのだと噂するものもあった。この女はその歯医者の鐘尾考介を道連れにして日本へ帰って来た。

日本でも新しい思想的な婦人の社会運動が興った頃で、鐘尾夫人も、貧乏な大学教授の夫人や、衣装自慢の商人の細君などを引張り出して、何とか婦人会などを作って、新聞の写真班まで招待したりした。仕事と云うのが芸術座の須磨子を後援したり、沢正の切符を売って歩いたりしていたものだ。

三太郎が展覧会をはじめる頃には、鐘尾夫人も毎日のように出かけて、ボイルド・チキンの食べ方を教えたりしたものだ。三十は過ぎていたが、まだ娘のようなキモノをきて、卓子の下でそっと三太郎の足を踏んでみるほどの色気を見せられたり、片眼つぶってウインクルとかいう恋の信号を、亭主の前でやって見せる、この夫人の浮調子《うわちょうし》な遊戯を三太郎はおそれていたのだが、吉野が東京へ帰っていったのをきいて、丁度鐘尾考介がその頃医師会で東京へ出たついでに、吉野を訪ね、父親にも逢って、「こんどは私どもがお引受けしますわ、安心しておくれやす、折角《せっかく》修業中に惜しいものどす」とか何とか言って、とうとう吉野を否応なしにまた京都へ連れてきてしまった。丁度展覧会の中日で、三太郎は何も知らずに、会場の事務室で煙草をのんでいた。

35

「吉野さんが来やはりましたえ」鐘尾夫人が声と一緒にドアをあけて入って来た。赤黒い花のような鐘尾夫人の後から、日影にさいた雪の下のような吉野が細《ほ》っそりとはいってきた。

「三太郎はん嬉しゅうおすやろ。えらい苦労をしましたえ。どうどす」鐘尾夫人は三太郎の手をとって吉野の方へ押しやった。戯談にしてあくどすぎたが、三太郎は吉野に逢えた嬉しさで、鐘尾夫人の好意を好意として受取った。

「私達今朝ついたばかりどすのえ。吉野さんをお風呂へ入れるやら美髪院へおつれするやら、ほらもう娘を見合いにやる騒ぎどすやろ。まだ御飯もゆっくり頂かしまへんのや、瓢亭へでもお伴しまほ」

展覧会へきて作品も見ないで、食べることを言い出す夫人の心ばせはそれとして、美髪院へいって、もっさりしたハイカラに結ってきた吉野の髪を見て、三太郎は可哀そうに思った。鐘尾夫妻の好意がすこし物好きになりかかったことも、すこし立入った世話をうけすぎたことをも、吉野も三太郎も口へは出さなかったが、お互に感じ合って気まずかった。それでいながら、その晩は、鐘尾夫人の家へ三太郎も泊められて、夫妻と襖《ふすま》一つ隔てた隣室へ寝かされてしまった。床を一つしか敷いてなかったことも、あんまりすすどくて、三太郎は不快だった。

「せんどどすさかい、たんとおたのしみ」襖の向うから、そう声をかけられた時には、三太郎は、それに軽い洒落を返すどころか、憤然と床を蹴って起ち上った。

「ぼくは帰るよ」憤りの中に吉野をもこめて、三太郎は服を着はじめた。

「では、あたしも帰るわ。でもね、折角ここまで辛い思いをしてきたのに、それではまたこわしてしまうようなものよ」

FARE
WELL
XHIBITION

36

女にとっては恋することだけが精一杯の仕事だのに、あらゆる苦労が吉野のうえには降りかかって来た。展覧会を終る頃には、ぱったり床についてしまった。三太郎は是非《ぜひ》長崎まで行かねばならぬ用事があった。

「あたしも連れていって下さらない、なんだかひとりでお留守が出来そうもないわ」

彼も吉野を京都へ残してゆくことは不安だったので、医者の手を放れるのを待って、夏枝も山彦も連れて出発した。この無法な旅がまた吉野の病気にさわったと見えて、長崎の用事を済ました三太郎が、吉野達の滞在している別府温泉へくる日も宿から停車場へ二三丁の道を、彼女は夏枝の肩につかまって、やっと歩いて出迎えたほどだった。吉野は三太郎を迎えた三日目に、病院に入らねばならないほど病気が嵩《こう》じた。病名、盲腸炎、三太郎は夜の間だけ宿屋へ帰って、あとはずっと病室へつめきっていた。ちょっと傍をはなれても吉野は淋しがった。

「女っておかしなものね」知り合ってから、まだやっと四五年にしかならないのに、吉野はよく過ぎた日のことばかり話すのだった。

「世間の噂では、先生って方は浮気で薄情だと、あたしもそう思いこんで、ちょっと傍へ寄って見たい気がしたものなの、それが……」

「それが、こんなはめになってしまって……」

「いいえ、そうじゃないの、先生は今までに女から恨まれたことは一度だってないでしょ。先生は女を捨てるなんか出来ない人ですわ」

「女からは捨てられる方だね」

「奥様は別ですわ。捨てるも捨てないも」

「ところが、その、思い切りが出るということが、薄情でない証拠にはならないよ」

37

ある夜、吉野は今少し今少しと引止めて、三太郎を宿屋へ帰したくなかった。

「あたしはまるで先生のとこへ病気をしにきているようなものね」

「でも遠くにいてやきもきするより、こうして傍にいればお互に気丈夫だよ」

「そりゃ、先生の傍にいられるのは何より嬉しいには嬉しいけれど、こんな役に立たない身体で、ほんとにすまないと思っていますわ」

「馬鹿、馬鹿！　そんな世間並な考え方をするものじゃないよ」

「でも女はやっぱり、娘時代が過ぎるとみんな一様に世間並になってしまうものですわ。あたし思っていることがあるのよ」

「どんなこと」

「あのね」

「ああ」

「あたしそう思うのよ。そうすれば父だってきっと否とは言わないと思うの」

「そうすればってどうするのさ」

「あたしね」

「何だよ」

「赤ちゃんがほしいわ」

「なるほどね、吉野さんもそういうことを考えるようになったのかなあ」

「こんな身体だからよけい望めないことを望むのかも知れませんわねえ。でもあたし二十五まで生きれば沢山《たくさん》、年とってきたなくなって先生の傍にいたくはありませんわ」

「二十五と言えば、もう二年しかないよ」

「二年あれば可愛がられるのには、勿体《もったい》ないほど長い月日ですわ。先生は元気でいて下さいね。あたしが死んでも、可哀そうだと思って下さるのは嬉しいけれど、その心持で先生の心を縛りたくはありませんわ。こんなことを口に出して言うだけ、やっぱり気になっているのでしょうかしら」

38

吉野はやはり彼女の言った通り、その翌年二十五の春に死んでしまった。別府の病院から京都の病院へ、そこからまた東京の病院へ移されて死ぬまで、彼女はよく病苦にも苦労にも堪えた。三太郎の方はすっかり取乱して悲しんだり憤ったりしながら病院のまわりを廻っていた。

彼女は別府へ立つ前の日に、鐘尾夫人の許へ挨拶にいったが、その頃はもう夫人の好意をこちらでは有難迷惑《ありがためいわく》に思うほどだから、先でも、二人で別府へなど行くことを面白く思っていなかった。ばかりでなく、彼等が別府へ立って行くと、東京の父親の方へ「娘御は厳重に監視していたが、三太郎に誘惑されて行方不明になった」という手紙を出したものだ。むろん父親は慌てて京都へ上ってきた。鐘尾考介が言うには「誠に申訳がないが、三太郎のような悪い男に見込まれては、術の施しようがない、心当りを今訊いている所だ」と言って、その時文展の製作で京都へ帰っていた夏枝のところへ、わざと使《つかい》を出して、吉野の宿所をきかせた。別府からは度々《たびたび》通信もしてあるのだから、鐘尾では吉野の病気のことまでも、ちゃんと知っているのだ。そこへスグカエレという電報を打ったものだ。鐘尾にこうまで裏切られたと気がつかない三太郎は正直にヤマイオモシマテと返電をした。折返しにきたカネナケレバオクルスグカエレという失礼な電報を見て口惜《くや》しがったが、父親に対する責任や病気のためを考えて、帰りたがらぬ吉野を促して特別列車へやっと乗せて京都まで帰ってきた。途中を心配して看護婦を一人連れ、岡山の医者の友人に電報で、重病だから、京都まで同行のつもりで、この急行列車へ乗ってくれと言ってやった。七条の駅へつくと、鐘尾夫妻が出迎えていた。父親は一先《ひとま》ず東京へ帰ったというのだ。

39

「吉野さんの事は東京のお父様に任されましたさかい、言うことをきいて貰わななりまへん」京都駅で三太郎を迎えた鐘尾はそう宣言して、これからすぐ入院させると言うのだった。

「あたしは先生の家へ帰ります」吉野は言うことをきかない。

「そないなこと言うたかて、あんた病気やおへんか」

「ええ病気ですわ。どうせあたしは死ぬでしょう、だから先生の側で死にたいのです」

「ほら病院へ入ったかて、先生が側についててくだはります」そう言って鐘尾は三太郎の方へ向いた。

その言葉の中から三太郎ははじめて鐘尾の奸策を見てとった。入院させるということは三太郎から吉野を完全に離隔することを意味していた。吉野は頑として三太郎の家へ帰ると言い張った。

「兎に角今夜は僕の家へ連れてゆきます。明日のことは明日の相談としましょう」三太郎は鐘尾へきっぱり言って、高台寺の家へ帰った。家では夏枝が吉野のために床をのべて待っていてくれた。三太郎の顔を見ると夏枝は待ちかまえて
「私たちが別府にいったあとで東京へ知らしてやったんです。だから京都へ父様が見えた時、私が逢いにいっても逢わしてくれないんです。本当のことがばれるとおもったんです。ほんとに鐘尾たちは何のためにこんなことをするんでしょう」

「まあそれよりも、病人をどうしたものだろう」

「よっぽどいけないんですか」夏枝は、病人を寝かした隣室に気をくばりながら
「どうも家においては看護も行届くまいとおもうのだ。なんにしても病気を治すのが第一だ。いまは感情問題で病人を引張り合っている時ではないのだから」

40

取敢《とりあ》えず掛りつけの医者に見せると切開手術をせねばなるまい、しかし命のほどは請合《うけあ》われないという。三太郎はその診断を少しも疑わなかったがきっと治るという科学以上の信念を頼みの綱にしてそれにすがりついていた。それにしても一刻も早く病院へ入れる必要があった。大学病院の方は鐘尾の方で手筈をしてあったというだけの理由で気が進まないので、東山病院なら近くても好いし、そこへ入れることに腹をきめて吉野に話した。

「先生の手から入院しても父を呼ばない訳にはゆかないでしょう、鐘尾は絶交するにしてもあたし病院へゆくのなんだか心細いの」

「そんなことを言っては、ぼくも困る。何にしても早く病気を治すことを考えようよ、ね」

そこへ鐘尾が東京から父親がきたことを知らせてきた。

「ほらよろしいな、どこでもちゃんとした病院へ入らんことには」鐘尾が帰ったかと思うと間もなく玄関に声がして

「駕屋《かごや》だす」と言って駕を持ってきた。

「誰にたのまれたんだ」

「鐘尾はんとか言やはりましたぜ。入院しやはるのはおうちのかただすやろ」

「そうだがね。いやに手廻しが好いんだな」三太郎はそう言いながら、吉野の寝ている部屋へ引返してくると、吉野は掛蒲団をすっぽりかぶっている。

「聞いた？」

三太郎はそう言って枕元へ坐ったが、吉野の答はなかった。軈《やが》て蒲団の中から押しつぶすような嗚咽《おえつ》の声が聞えた。側にいた夏枝も何も言出しかねて、黙って袖を目にあてた。

三太郎は暗然として、枕もとに木のように坐っていた。

「待ってますのやさかい、早うたのんますで」駕屋の促す声がする。

41

三太郎の手紙

東京・A兄

いつの手紙にも病人のことを尋ねて下すって有難う。切開の経過はまず良好の方ですが、事情はますます悪くなってきました。貴兄が京都を立つと入違いに、吉野の父と継母が上洛してきました。それまでは貴兄も御存じの、夏枝さんとぼくとが交代でついていたのですが、「現在の親が附添っていれば」という口実で私達は斥《しりぞ》けられたわけです。それでも私達は日に二三度は病人を見に病院へ足を運んでいました。それに病院の食物が口に合わないというので、三度三度代地のすっぽんとか鯛の潮《うしお》とかをお倉（女中）が運んでゆきましたが、或日《あるひ》医局からの命令だと言って、外から食物を入れることを禁じると、お倉に言渡したものです。お倉は奥様の顔が見られないと言って嘆きましたが、それどころか、そのあとでぼくが見舞にゆくと「重態につき近親の外《ほか》一歩も入るを許さず、院長」と書いた紙が病室の入口に貼りつけてあるのです。ぼくは構わず入ってゆきました。父と継母は、病室の手前の間で食事をしていました。ぼくの顔を見ると、父が起ち上って貼紙の方を箸を持った手で指して、ぼくを押し出そうとするのです。ぼくは或は近親でないかも知れません。しかし吉野とは近親以上の何かだと信じています。それに重態とあって見ないではいられません。おやじを押しのけて病室の戸を引きあけました。すると吉野の枕もとにでぶの鐘尾夫妻が坐りこんでいるではありませんか。怒髪《どはつ》冠《かんむり》をつく、全く髪の毛が林のように突っ立った気がしました。もしそこへ廻診の院長がやって来なかったら、ぼくは全く何を仕出かしたかわかりません。「とにかく病人のために神経をたかぶらせないように」と院長が言うことをきかないわけにはゆかなかったのです。

42

A兄

ぼくは院長室へ、鐘尾が吉野の近親でぼくが除外されたことについて、病室の掲示の意味をただしにいったが、要するに理窟の上にも理窟があるわけで、院長との会見は、不快の上塗りをしたに過ぎません。鐘尾はこの土地の人間です。ぼくは他国者《よそもの》です。それに男と女のことでは女はつねに憐れまれる立場にいます。ぼくを悪者にするのには、一分間と手間はかからなかったでしょう。鐘尾夫人の弟で法科を出て友愛会の仕事をしている坂山という男に「君はぼくと吉野との間に相当の理解をもっている筈だが、君の姉さんが何のためにあんなことをするのか、君には分っているのか」と訊きにいった。すると「姉のいうには吉野さんは山岡さんを愛していない、だから二人の間をさくのは隣人の務めだ」というのだ。「では君もそう思っているのか」「吉野さんの愛がどの程度のものかぼくにはわからないが、とにかく姉の不徳の致すところだから、ぼくを責めないでほしい」これが坂山の答だ。こういう一人の口から虚構された事実が、どんどん新しい事実として進展してゆく、我々の生活を、そして運命を考えて、ぼくは恐ろしくなってきます。それはむろん、父親の「彼から娘を取返したい」という心持に、いろんな火をくべて燃え上がったことなのです。坂山のような青年が、「不徳の致すところ」でかたづけて、こういう問題に愛も熱も持たないでいる位です。その他の世間は、病院の下足番にも鐘尾の心附けが行渡って、ぼくは病院の門を入ることも出来ない人間になり下ってしまったのです。ぼくはもう吉野の健康が恢復《かいふく》して二人の上に来るはずの幸福の日を待設ける心持は、すこしもなくなってしまいました。「よしそっちでそうする気なら、こっちでもこうしてやる」ぼくはそう決心して、村正の短刀を取出して、目釘をしらべました。

43

A君

まさか誰を殺すというあてをつけたわけではなかったし、村正はついに抜かなかったようだが、なんでも僕は吉野のおやじと取組合をして、病院の長い階段を転げ落ちたところまで記憶しているが、眼がさめた時には、頭を繃帯《ほうたい》してぼくの二階に寝かされていました。

「なんと言う喜劇だ、これは」

「お目ざめになりまして?」枕元についていたらしい夏枝さんが言います。それは夢ではなかったのです。吉野はあの病体でふらふらと病院の廊下を歩き出したというのです。こういう、人生がシネマのまねをしたような興奮した場面は、悲惨を通りこしてまさに喜劇です。しかるにぼくはその画面からすらっと身をかわすことが出来ない人間です。立体的にものを見ずに平面にばかり見ようとする絵を画く習性が生活の中へも入ってきたのです。

なにしろそれでもう吉野に逢うことが出来なくなってしまいました。A君、ぼくは東京へ帰ります。この手紙が君の手に入るよりも早くぼくは君に逢うことが出来るかもしれない。シネマの画面には、ぼくの後姿が大写しにうつるところです。敵に後を見せたと言われても一言もありません。以上。十一月七日三太郎。

三太郎と山彦は、七日の夜の新橋行に乗りこんだ。見送りにきた夏枝が「ねえ先生、私も東京へこのまま行こうかしら、先生が心配ですわ」

「ぼくは元気だよ、それよか吉野を見ていて下さい、あれより先にぼくは死にはしないから」

「姉ちゃんも東京へすぐ帰るって言ってたよ」

山彦はさっき自分から女中をつれて病院へお別れにいってきたのでそう言った。

「山彦さんったら奥さんのおっぱいを上ったのよ。ねえ山彦さん」女中がすっぱぬいたので、見送りの誰かれもみんな笑った。

44

三太郎は三年振に東京へ帰ってきた。東京駅に降りて、子供とトランクを持って訪ねてゆけそうな友達を思い出して見たが、さてどの友達も気兼ねであった。宿屋は、いつか地方から来た友達が泊っていた駿河台の龍名館を思い出した。とりあえずそこへ車をやった。

番頭が宿帳につけにきたり、三越の買物案内の引札など持ってきたりした。三太郎はまるで旅人のような心持で、窓から宮城《きゅうじょう》の石垣や招魂社の大鳥居を眺めやった。

東京は広い、そして何と沢山な人間が生活していることだ。そしてどの人間も三太郎よりも秀《すぐ》れて、それぞれ幸福そうに見えた。

その日は日曜だったかして、すぐ近所のニコライのつとめの鐘がなつかしく響いてきた。三太郎はよく吉野と共にいる時間をつくるためニコライのドオムへ入ったものだった。どうしたものか吉野のことは遠い昔のように、或は、もはや死んでしまった人間のように思われた。三太郎は日に三度運んでくる食事を、つとめのようにすませては、またうとうとと眠って暮した。ある街の旅人に与える第一の感覚は街の物音だ、どんな街にもその街特有の音がある。長崎は、京都は、そして東京は。そんな益《やく》もないことを考えながら、三太郎は、うつらうつらと東京の音をきいていた。こういう酔生夢死の状態も、こういうほのぼのとした明け暮れも、これで過せるものならなかなか好いと思った。

「パパどこへも出ないの」山彦は玩具にも、戦争画をかくことにもあきて、三太郎を促すのだった。

今年はじめて小学校へ上って二学期の大部分を休んでいる山彦を東京の学校へ入れる工夫をせねばならなかった。子供は自分のように遊ばせておくほど、それほど呑気《のんき》になれない三太郎は、と言って子供のためにまた東京で家を持つような煩《わずら》わしいことは考えたくさえもなかった。

45

クノックの女患者の言草《いいぐさ》ではないが「人間というものは情ないものですね、一つの苦労から脱《のが》れるには、他のもう一つの苦労を求めなければならないのです。それでもまあ変り目の当座は気休めになります」

三太郎も苦労に追いたてられて東京まで逃げてきたが、そこにも苦労が待っていた。何よりまず山彦の学校が苦労だった。ある人の紹介で大久保の寄宿舎のある小学校で入れることにきまって、三太郎は蒲団と子供とをおいて、子供の寄留先になっている友人の家へ帰ってきた。

「奥様うまく入れてくれましたよ。どうも有難う」

「まあ、でも可哀そうみたいね。お泣きにならなかって?」

「なんだかぼくが帰る時にはすこしべそをかいていたようですが、友達が大勢いて遊んでいましたよ」そんなことを話しているところへ山彦は俥《くるま》に乗っけられて荷物と一緒に帰ってきた。学監の添書には簡単に「この児童はどうも預り難い」と理由は書いてない。三太郎も親だ、腹も立てば、心配でもある。早速出かけてきくと、要するに、三太郎が金持でないということが理由だった。これには三太郎も閉口の外はなかった。

「御免なさい、私がつい言ってしまったんです。だってあなたがお金持だなんて言えやしませんからね。そのかわり好いところへ預かって貰うように話しましたから」と、寄宿舎を紹介してくれた女の人は、早速三太郎をその家へ連れていってくれた。山彦より年下の子供もあるし主人という人も気軽な若い人らしかった。奥さんはよく教会の幹事などにある型で、にこにこと如才のない婦人だった。

「関屋さんからお訊きでしょうが、ぼくは金持ではありませんが、さっき決めて戴《いただ》いただけは月々必ず持って伺いますから」三太郎がそう言ったのが、皮肉でも戯談でもないわけを関屋さんが奥さんに説明して、とにかくそれで山彦も学校へゆけることになったので、三太郎も助かった気がした。

46

吉野は寝台から寝台へ移されながら、その年も押しつまった暮の何日だかに京都から東京の病院に運ばれてきた。

見たところ顔はそれほどでもないが、三太郎に差しのべた手は、細いにも何もまるで孫の手のようであった。吉野はしっかり三太郎の手を握って言った。

「やっぱり生きて東京へ帰ってよかったわ」吉野がまだ明日の日に果敢《はか》ない希望をつないでいるのを見ると、三太郎も元気になろうと、自分をはげますのだった。

まず駿河台の宿屋を引上げて病院に近い本郷のフジホテルへ下宿した。何々県人某と入口へ名を出される、食堂では中学生の隣へ坐って薄情な味噌汁を平気で吸えるようになった時分には、三太郎もいつか画学生時代の気軽さを取返していた。

仕事の手始めにまず吉野へデジケイトする歌集をまとめた。「彼女の横顔」としてS社から出版した。友人達は三太郎の歓迎をかねて出版記念の会を万世のミカドでしてくれた。とても盛会で三太郎は嬉しさにすっかり興奮して了《しま》った。余興にその頃帝劇の女優だった桃井葉子が三太郎の小曲「宵待草」を独唱した時には泣きそうな声をしていた。歌詞をここへ書くのはうるさいが、嘗《かつ》て吉野を待つ宵に作ったもので、三太郎は病床の吉野のために桃井葉子の手をちぎれるほど握っていた。

ついこの間村正の短刀をふりまわした三太郎も、また世の中へ窓を明け放した。折から年の暮で大通りは売出しの旗や提灯《ちょうちん》で景気をつけていた。メリヤス屋の二階では楽隊が海軍行進曲をやっている。いつか三太郎も足調子を合せて、帽子をあみだにして折をさげた紳士と並んで歩いていた。ちらっと三太郎の頭を寂しい風のようなものが過ぎていった。それは山彦のことを思い出したのだった。真鍮《しんちゅう》の喇叭《らっぱ》がほしいと言ったのを思い出した。

「ほしい時に買ってやろう。あれが大きくなって買えなかった喇叭を思い出しでもしたら可哀そうだ」

47

「慈善鍋に一銭入れた頃よりも一円入れる今の貧しさ」三太郎は子供のために喇叭を買って暮の街を歩きながらこんな歌を考えた。すると家を持っていた頃暮の買物をしたあの店この街がなんだか感傷的に思い出された。うるさい貸も借もない気軽な画学生の昔に帰った筈《はず》の彼の心の隅に、どうしたものか誰かに済まないような侘《わび》しい心掛りがあった。「誰に済まないわけもないさ。ただお前の心が貧しいからだよ。コオル天の色足袋《いろたび》のようなセンチメンタルはよせ。しっかり頭をあげて、さ、歩いた歩いた」

三太郎は喇叭を持って子供の家の方へ勇ましく歩いた。すこし贅沢《ぜいたく》すぎると思ったがオオク製の椅子と机を買って持っていった。

「まあ彦ちゃん御覧なさい。パパはまるで大学生のような机を買っていらしたよ」子供の家の奥さんは、山彦に与えた三畳へそれを運びながら言った。山彦は喇叭だの新しい教科書だのを机のうえに並べ最後にパパの写真を壁へはりつけた。三太郎は「こいつはいけない」と思った。この間も三太郎の宿へ涙がにじんだ手紙をよこした「ボクモウココノウチハイヤデス。ニモツヲトリニキテチョウダイ。ボクハパパパパトイッテオイノリヲシマス。パパガスグニクルヨウニ」そんな気持にさせては大変だと考えて、三太郎は極めて快活にふるまって、枕もとへ喇叭をおいて眠りにつくのを見届けておいて、子供の家を辞した。

三太郎が宿へ帰ると、さっき病院から電話だったと女中が告げた。病院から電話などかかった例《ためし》がないので、行って見ようかと思って時計を見ると十時を回っている。そこへまた病院からと言って電話だった。吉野の従弟《いとこ》が電話口へ出ていた。

「九時二十五分に姉は息を引きとりました。今夜は父もひどく興奮してとり乱していますから、お呼びたてしてどうかと、実は姉の心持をくんでわざとお迎いに上らなかったのです」

三太郎は部屋へ帰って、いつまでも寝台に腰かけてぼんやりしていた。

48

一昨日は彼女の命日で墓参から、新劇協会を覗いて、帰りに銀座へ出た。明治屋の前へくると、久米正雄がごたごた包《つつみ》を抱えて、まだ棚の方を見上げているのだ。僕はこの好もしい風景をしばらく眺めていたが、いつかしら彼の傍へよっていった。

「しこたま仕入れるんだね」

「や、産後の食物には何が好いんだかぼくに分らないんでね」ぼくも知らないのだが、この間からほしいと思っていた小鯛の柴漬をぼくが買ったので、久米君もそれを買った。

「久しぶりだったね」

「君がよかったら、お茶でも飲もうか」

二人はエスキモーへいって腰をおろした。

「出帆を時々よんでいるよ」

「あんな風に書き出した所がとても大変だ。あれをシュポンとよむ読者が、だって絵が拙《まず》いんですものだとさ。あれで絵が拙かった日にゃ立つ瀬はないからね」

「人を食った絵が近頃の流行だからね、しかし小説の方は馬鹿にむずかしいね」

「というのは、どんな風に」ぼくはこの道の苦労人からその答を問おうとしていると、さすが顔のうれた久米で、あっちからもこっちからも若い女があいさつにくる。そのうちに汽車の発車時間で、とうとう話は、それきりになった。

おやおやこれは読者諸君、これは作者の日記でありまして、小説の本文ではありませんが、やがて三太郎の前に表れる娘がまた大の久米びいきで久米君ともまんざら知らない仲でもなし、従って、ともすれば作中人物の一人として久米君の協力を待たなければならないかも計り知れないのでありまして、小説と実生活とが、こんな風にこんがらがってきては、作者も並大抵の苦労ではございません。

ところで我々の主人公三太郎でございますが、最愛の吉野に死なれて、一時は外国どころかもっと遠いところまで出かけるかと、友人の心配は一方《ひとかた》ではありませんでした。

銀座山田家
一九二七・六・十六日

49

月日は不思議なもので「こんなに苦しむほどなら死んだ方が好い」そんなように一時は考えていた三太郎も、いつか元気を取返してきました。一体「悲しむべき事実」が後しざりしてゆくのか「新しい生活」が前へ歩いてゆくのか、いずれにしても冬が過ぎて春が近づいて三太郎は仕事に気が向いてきたようです。京都の三太郎の家を引払って家財道具（と言っても画稿と本とカンバスのようなものばかりの）を持って夏枝も東京へやってきました。待っていたカンバスの荷を解くと未完成の例の百号のカンバスも出てきました。

「東京でも展覧会をおやりになってはどうですか、も少し画《え》を足せば立派にやれますよ」中学時代から三太郎の読者でいま美術学校の生徒で仲間ではパンさんと呼ぶ青年が、額縁を壁へ立てかけながら言います。

「そうだね、やって見るかな、いま盛んに画《か》きたいんだが、好いモデルがないのでね」

「ありますよ、モデルはこの頃出たので、多分あれなら気に入りますよ」

「そうかね、いつか連れてくれないか、さあ、これから一つ勉強しよう」三太郎は自分を励ますようにそう言いましたが、一体彼は一生のうちにこの「さあこれからだ」を何度言うのでしょう。

日曜日には美術学校でモデルの顔見世のようなものがあるのでした。ある朝早くパンさんは出かけました。学校の控室に集っているモデルの群をおしわけて、パンさんはその娘を探して歩きました。

「あんた誰を探してるの」一人のモデルがパンさんにたずねました。

「なんって言ったけ、あそうだ、お花さんはきていない？」

「あら珍しいわね、あんたがお花さんを使うの」そのモデルはからかうように言いました。

50

「ほんとうにあんたがお手本にするの、さぞ美しいお花さんが出来上るでしょうね」そのモデルはパンさんを笑った。というのは画風から云ってもパンさんの風采から言っても、お花はパンさんに向きそうもない娘でした。

「ぼくじゃないよ、お花をたのむのは」パンさんは自分がモデルを使えないほどいつも貧乏していることを見透かされたような気がして急いで言訳をしました。

「じゃ誰よ。それにお花さんはこの頃あれなの、だから気が向かなきゃあどこへもゆかないわよ」

指で帯のところへ輪を画いて見せたがその意味はむろんパンさんには呑込めない事でした。

「三太さんだよ、ほしいのは」

「あら山岡さんなの、それじゃきいてあげるわ」

「じゃたのむよ」パンさんはお花のことをその子にたのんで谷中の方へゆく裏門を出ようとするところでぱったりとお花に会いました。

その時のことを思い出して、お花はその後よく三太郎に話してきかせたものでした。

「パンさんはあたしの顔を見るとびっくらしてアッて言ったわよ。『ああ、よかった、あなたを探していたんだ、すぐきて下さい、三太さんのとこです』といきなりこうでしょ。三太さんて言ったってあたし知らないでしょ。それにあの時はほら病気上りでずっと休んでいてはじめて学校へいった日でしょう、あたしどこへも約束するつもりはなかったのよ、だけどパンさんのあの時の様子がとても鄭《てい》重《ちょう》で、まるで兵隊が大将にものをいうような工合《ぐあい》でしょう、あたし馬鹿に感心しちゃって、ええ明日から行ってあげるわって約束してしまったの。その三太さんっていう人がこの人だったのね。なんだか気むずかしい人だと思ったわ、だってあの時あたしはやっと十七だったんですもの」

パンさんに連れられて、約束の朝、お花はやってきました。お花は青白い娘でした。手織らしい大《だい》名縞《みょうじま》の袷《あわせ》をきた肩のあたりがつきんとしてまだ少女らしい感じを持っていました。

51

　ある朝お花が三太郎の部屋へ入ってゆくと、いま起きたばかりらしい三太郎は、寝台の端に腰かけて煙草《たばこ》をのんでいました。

「私、すこし早く来過ぎましたでしょうか」お花は遠慮がちにききました。

「いやそんな事はない、君がくるのを待っていたんだ。実はお茶を入れるのが面倒くさくてね、それに君の入れてくれる紅茶は大変うまかったよ。お茶の入れ方なんかいつ習ったんだ」三太郎にほめられてお花はいささか得意でした。

「せんずっと通っていた先生がお茶がおすきだったもので、いつのまにか習いましたわ」

「お酒をのむ事もその先生に教わったんだね」

「まあ、どうしてそれを御存じですか」お花はお茶をつぐ手をやめて驚いて三太郎の方を見ました。

「当ったね、ほんとうは知らないんだよ」三太郎はそう言ったが、お花はパンさんの学校の先生の土田という彫刻家のとこへ殆《ほとん》ど通して行っていたことや、土田の細君にやきもちを焼かれるほど先生に可愛がられていたことも、着衣のモデルとして通っている、お花が土田の画室で裸体のポーズをしていたことも、三太郎はパンさんからきいて知っていた。

「この頃はあの先生のとこへ行かない？」

「ええ」お花は土田先生のことを言出されたのがどうやら苦痛らしかった。三太郎もそうと察してそれ以上はきかなかったが、お花は忘れようとしていたことを、また新しく思い出して、誰かにすがりついて泣き出したいような、お酒でものんで浮かれたいような、なんでも異常な感覚に身を任せないでは落着いていられないような気持になってきました。

　そんな時にはきっとお花は、二人の友達のことを思い出すのでした。一人はたのもしい友達、も一人は可愛い友達。どちらの友達もお花にはなくてはならない好い友達でした。

52

お花は東北の方のある小さな停車場から三里ほど山奥の豪家の末娘に生れました。母親は後妻で縹致望《きりよう》みで城下の方から貰《もら》われてきたというのです。「城下の花嫁が竈《かまど》を覆した」と村の人に言われた程の女ではあったが、その頃はもう山も畑も人手に渡っていたほど家運は傾いていたのです。お定まりの酒と女で腐らした気を紛らしている、そんな時にお花は生れたのです。お祝にやってきた親戚の女房が「ほう美しいおぼこじゃ、こりゃ五百両が値がある」と賞《ほ》めた。親爺《おやじ》はそれをきいて女房を棍棒で追いかけた。親爺を怒らせたこの女房の何げない言葉が、お花の運命を予言していないとは言えません。親爺はお花が九つの時、死んでゆく枕もとへ後妻とお花とを呼んで「どんなことがあろうとも、この子ばかりは売ってくれるな」と男泣きに、後妻に頼んだと言います。

お花と母親は、間もなく城下へ出てきました。暮しをたてるということを知らないお花の母親は、売り喰いのしまつでまたたく間に親爺が買っておいた家まで売ってしまいました。その頃はまだ城下に母親の里があったものだから、米だとか味噌だとかを貰ってきて親子は細々と命をつないでゆきました。

母親に目をつけたものか、お花に目をつけたものか、それとも金にしようと掛ったものか、どこの世間にもよくある遊び人が、お花の家へ夜おそくきては寝泊りするようになりました。母親より年が若くて、お花に言わせると、好い男振りだったそうです。お花もその時はもう十四になっていましたから。

ある夜、お花はただごとならぬ物音に眼をさましますと、その男は母親をねじふせてさんざんに頭をなぐっているのです。母親は泣きも叫びもせずに、されるままにされている様子なのです。

53

その光景を見たお花は泣き出しました。お花が眼をさましたのを見るとその男は黙って闇の中へ消えてゆきました。

「何でもないに、泣くなや」母親はそう言ってお花に蒲団をかけてやりました。

あんなにいじめられながら何でもないという母親の気持が、お花にもおぼろげに解ってきました。お花もその男をどうしても憎めない心持からおして、男と女との愛慾のどんなに深いものかということもやがて感じるようになりました。その男にとっては、お花に菓子を買ってきてやることも母親を打擲《ちょうちゃく》することもおなじ心持から出た愛情だったのです。

それにしてもお花は一間しかない狭い家で夜も昼もそうした愛の苦闘の中にいることに堪えられなくなってきました。それればかりでなく、ある日その男は、庭に打水などした小綺麗な家へお花をつれてゆきました。内儀《おかみ》らしい肥《ふと》った女が愛想よくお花を迎えて、お花の縹致の好いことをしきりに賞めるのです。その家にもお花位の年頃の子がいて袖の長い友禅などきこんでいました。お花さんもうちの子になってくれないか、などと戯談《じょうだん》のように、その内儀さんはお花の気を引いて見るのでしたが、お花は何故《なぜ》か、はやく母親のとこへ帰りたくなるのでした。

その男がこの芸者屋へお花を売りこむ下心だったことが後で判った時には、母親もさすがに驚いて、怖しい男だとお花に言ってきかせたほどでした。

その頃東京の方に住んでいた、お花の胤違《たねちが》いの兄と姉のとこへ、お花は手紙を書きました。「どうぞおっかさんを東京へよんで下さい、ここにいてはおっかさんもわたしも不幸です」姉から再三の手紙に母親もやっと承知して、母と娘はその男には山家《やまが》へゆくように見せかけ、城下の町からすこし離れた停車場から、東京行の汽車にのりこみました。

54

　一人の見送りもない哀れな旅人達は、汽車が動き出すと窓から顔を出して、だんだん小さくなってゆく城下の町をながめて声をあげて泣いた。心細い、生れて始めての旅ではあるが、子供らしいお花の好奇心は別れるものよりも新しく見るものの方へ心がひかれてゆくのでした。汽車のとまる毎《ごと》に窓から首を出して、こんなにもいたる所にある見知らぬ街を眺めました。話にきいたトンネルは怖いものではあったがひどく彼女に満足でした。併《しか》し汽車が東京に近づいた時、胸をおどらせ東京の顔を見たが、どの家も思ったよりひどく小さくて汚いのに失望しました。むろん兄の家も姉の住居も金殿玉楼ではありませんでした。母親は城下へ残してきた男のことなどけろりと忘れたように
「東京は物が安い」と言って夜店などきょときょと見て歩いていました。

　健気《けなげ》な決心をして東京へ出てきたお花は、口をもとめて今戸人形をつくる工場へ通うことになりました。勝気なお花は朝は早くから出かけて、仕事の方もすぐ覚えこんでしまいました。

「あなたの娘さんですか、まあ綺麗な子だこと、おやそうですか、感心ですこと」近所に住んでいた美術学校の教師の細君は、ある朝お花が工場へ通う後姿を見ながらお花の母親に話しかけました。工場でいくら貰っているかとか、学校の方に絵のお手本になる仕事があって、これは給金も今の十倍になると話しました。給金の十倍もわるくはないが、教授や学生を相手の仕事だから上品だというのが母親の心をうごかしました。

「知らない人はモデルと言えば男の前で裸身になるのだなんて言いますが着物をきてただ坐っているのもあるんですからね」

　細君はとうとう母親を説きおとして、お花をモデルに出すことにしてしまいました。母親は兄の手前やはり以前の工場へ通っているように繕《つくろ》っておきました。

55

お花は美術学校の先生に連れられて出かけました。それは休みの毎に谷中の家から浅草へ活動を見に歩いた路《みち》でした。上野の森のとある西洋館の門の中へ先生はずんずん入ってゆきます。お花はここを通るとき「これは孤児院に違いない」思って眺めた建物だったので、はっと胸を打たれました。しかし中にいる大勢の人間はみんな金釦《きんボタン》の洋服をきた書生さんだったのでお花は大喜びでした。ある一つの部屋に四五十人の若い女が集っていました。それはお花と同じ仕事をする娘だと思われました。するとそこへ学生が入ってきて一人一人何か話してはつれてゆくのです。お花のところへも一人の学生がきて何か言いましたが、お花にはまるっきり話がわからないので、先生に通弁して貰ってやっと、話がきまって、お花はその学生に連れられて街はずれの森の中にある汚い家へ着きました。お花はこういう仕事を選んだことを後悔しました。家の中はもっと汚いものでした。寝るところもないほど散らかったパン屑だの腐った林檎だの紙屑だの描きかけのカンバスだの、壁には破れたズボンだの白い泥で造った人間の手だの掛っています。入ってゆくと、油臭い匂いの中に今一人の髯《ひげ》の生えた男がいて「ほう来たね。君は裸体になるの」といきなり聞きました。お花はびっくりして「いいえ」と言うと、「そうかじゃまあ坐ると好いや」と言いました。お花を散らかった屑の中へ坐らせて、二人は描き始めました。お花はこの汚らしい学生が案外親切で、今まで工場などで見た若い男達よりも温和《おとな》しくて優雅にさえ見えてきました。三十分ほど書いては暫《しばら》く休んではじめるこの仕事は、工場よりはずっと楽でした。またこの人達の話すことが、お花にはよく呑込めないながら何か世間ばなれのしたのどかな世界でした。お花はつぎつぎに学生の画室をたずねて歩くうち、みんなからも好かれるかわり、お花も一人の学生を好きになりました。

56

お花は若い元気の好い学生達に取巻かれて小鳥のように歌ったり踊ったりした。若い者には何かの方法で自分の身体を疲らせる欲望が盛《さかん》なものだ。画学生達にとってお花と遊ぶことは必要以上の快楽であった。お花の東北訛《とうほくなまり》の無邪気なお話も、野生の若木のように弾力のあるすんなりとした肉体も、学生達をこのうえなく喜ばせた。お花はもう自分が田舎娘《いなかむすめ》だということを恥じなかった。自由な陽気な彼等の生活の中へ寝そべって暮した。しかし画学生の中には特別長く彼女を膝の上に置きたがるものや、二人きりで抱っこしたがるものさえあった。そんな時にお花はすっと身をかわして手を打って笑うことも出来た。彼女はまだ若かったから。お花はまた垣根の一歩手前までいって遊ぶ冒険をも喜んだ。彼女は若いのだから。

彼女は私《ひそ》かに考えた。自分の身体のどこか心の中かなんかに歌をうたったり踊ったりする美しいたとえば人形のようなものが住んでいるのではないかしら。男達はきっとこの人形が欲しくて、私の身体を触りたがるのだとお花はきめていた。

「いやよ、さわっちゃ」でも好きな人に少しずつやってても好いものか、一度誰かにやってしまえばもう返してくれないものか、それがお花にはわからなかった。なにしろ隠《かくれ》ん坊《ぼう》をしている子供が「まあだよ」と言って暗い物蔭へかくれている時のような、何か幸福のものがお花を待ちうけているような、もっと待たせてくすくす笑い出したいような心持だった。

五木という学生の画室へゆくのが一番楽しみだった。「大臣の息子さんを恋人に持つなんてお花はとくね」朋輩《ほうばい》のモデルがやっかんでそう言うと「あたしがあの方を好きなほどあの方もあたしを好きなんだもの。損も得もありゃしないわよ」とお花はまじめくさって答えた。この人にならなにもかもあげても好いとお花は思っていながら、二人きりになるとただ笑ってばかりいるのだった。

57

お花は十六になった。そして春だった。足袋をぬいだ足の踵《かかと》がぽっと赤味がさしてすこし汗ばむほど暖い夕方だった。

学校の教授だというので断れないで、お花は五木の画室を休んでその後も彫刻家の土田のところへ出かけてゆかねばならなかった。戯談一つ言えず仕事は気づまりだった。それは生れてはじめて男の前に肌をさらすポーズをせねばならなかった。もしもそれを断れば学校の仕事をやめられるだろう。さしずめ五木に逢うことも気軽な仲間と遊ぶことも出来ないだろう。それ位ならまだ裸身になった方がましだと考えた。そこでお花は忠実につとめた。

モデル仲間でも土田は評判の悪い癖があって、画室から跣足《はだし》で逃出した娘は三人や五人ではないという。お花が土田に雇われたときいて「土田先生、まあ、あんたしっかりしてなくちゃ駄目よ」と注意されていた。それに土田の細君が用もないのに度々《たびたび》画室へ入ってきてお花の方へ嫉妬の眼を向けるのを見てもいかに土田が警戒されているかが分った。

お花はモデル台の上から土田の視線が日ましに自分の心までも穢《けが》しはじめたことを見てとった。しかしお花の職業はそれに対して何の防禦《ぼうぎょ》のすべも持たなかった。

ある日お花がポーズを終えて着物をつけていると、疾風のように、大きな腕がお花を抱えて寝椅子の上に持っていった。夕方だった。物の隈《くま》が急にぼんやりして、肉体も心もどこか遠いところへいってしまったように感じた。

お花がやっと自分を取戻した時には、白山の坂をふらふらと歩いていた。それは五木の家の方へゆく道だった。

「五木さんすみません、可哀そうなモデルをでも憎まないでね」そう口に出して言って見たが、五木に合わせる顔はなかった。

「おっ母さん、あなたの娘は一人前のモデル女になりましたよ。は、は、は」お花は誰にともなくそんな言葉を投げつけながら、白山の坂を引返した。

58

　お花は一人の画学生を思い出した。それはこの二月から卒業製作にかかってお花がずっとポーズをしてきた、年をとっていたが物静かな頼もしい逢った日から好きになった花井という男だった。花井は宿にいた。ふらふらと入って来たお花の様子を見て
「どうしたの、たいへん顔色が悪いよ」

　お花は投げるように花井の膝に顔を埋《うず》めて身体を顫《ふる》わして泣き出した。

「どうしたの、何かおっ母さんに叱られた」

　お花は黙って泣きつづけた。花井は乱れた髪を撫《な》でつけてやりながら「話して御覧、僕でも何か役にたつかもしれないから」

　お花は急に顔をあげて笑い出した。「何でもないの、あたし一人のことなのよ、くよくよするのは馬鹿らしいわね」お花は何かを忘れようとするように頭を振りながらそこにあった酒の罎《びん》を取上げた。

「好いのよ、もうなんにも言わないで、お酒お酒」お花は罎の酒をみんな飲みほしてしまった。「花井さん、あなたはあたしに親切だったわね。あたしがどんなになっても可愛がってくれて？　あたしを今晩ここへ泊めてくれない？　あたしはもう女なのよ」

　まるで気が狂ったようになったお花を、花井はやっとすかして、その夜もおそくお花の家へ送り届けた。

　それからというもの、お花の血潮の中には未知の力があふれて、自分でも持てあますほどうきうきしてきた。昼間は五木の画室へ言ってポーズをしたが、夜になるときっと花井の宿へおしかけて、活動へ連れだすかお酒を飲むかした。

「花井と五木とどっちが好きかって？　五木はあたしの恋人だわ。花井はあたしの良人《おっと》だわよ、懐しいのと恋しいのと、どう違うか、あんたにそれが言えて？　言えないでしょう。まあそんなものよ」

　お花はお酒のうえで朋輩のモデルにそう言ってやった。

59

夏になるとお花の画学生達は新しいカンバスや絵具《えのぐ》を仕入れて海や山や、また自分の故郷の方へ帰っていってしまった。しかしお花の仕事はつぎつぎにあった。学校の教授連や写真のポーズをとる外国人や物好きな素人《しろうと》画家などに雇われていった。

お花はいろんな男を知るにつけ、一人土田ばかりを憎めないと思った。男というものは十人が十人自分達の慾望を充《み》たすために女を愛するのだ。用がすめばこん度逢うまではこちらのことなど忘れている。恋などはもう懲々《こりごり》だ。あんなにやさしかった花井さえがそうだ。学校を卒業すると九州の国の方へ帰ってしまって、此頃《このごろ》では葉書一本呉《く》れなくなった。しかしそれは花井が悪いのでも心変りしたのでもない、ただ遠くにいるから遠くなったまでだ。

お花はまた土田の画室へ通いはじめた。あんな関係になってしまうと、分別盛りの四十男でも教授でも下男のように言うことをきいた。しかしお花はまだ男の弱点を利用するほど悪ずれはしなかった。せいぜい土田の細君に焼餅をやかせるのを面白がった。

「さあお酒よ先生、好いじゃないの、そんなに奥さんを心配するから白髪がふえるんだわ」

お花はどう考えても土田を愛しているとは思えなかったが、男が与えてくれる快楽はいつの間にか覚えていた。お酒をのむと何もかも面白くなってきた。お酒は吃度《きっと》悲しみや悔いや怨《うら》みの焚木《たきぎ》で情慾を燃す油のようなものだった。

習慣というものは好いにしろ悪いにしろ、今日つけたら明日も——おそらく墓場まで持ってゆくものだ。ことに若い娘にとって最初の男は、彼女の運命を決めるものだった。自分の身体をそんなに粗末に投出すようになった可哀そうなお花に、もっと悪いことが起ってきた。

BOL

60

「ほや？　お前何だすか、こりゃあ」お花はある朝母親に揺起された。母親はお花の乳首が黒くなっているのを見つけて叫んだ「なんと情けないことになったすか」母親は怒りと驚きに声をあげて娘を責めた。お花はあの事も母親に打明けてしまった。

「だけどおっ母さん、誰が悪いのでもありませんわ。あたしたちが貧乏なのが悪いのですわ、お父さんだって可哀そうな娘を許して下さるでしょう。でも心配しないで頂戴《ちょうだい》、あたしのことはあたしで始末しますから」お花は落着いていたが、母親は心配しないわけにゆかなかった。これは兄にも打明けて相当の人を仲に入れて先方に掛合わねばならないと主張したが、お花はそれに反対した。

「おっ母さんは先生からお金でも貰おうというのでしょう。だけどあたしを堅気の娘だとは誰だって思いやしませんわ。お金を取ればあたしは身体を売った事になるじゃありませんかねえ、おっ母さん。お金で操《みさお》を売ったと言われちゃ死んだお父さんにそれこそ申訳がないわ。あたしが自分でした過失ならお父さんだって大目に見てくれるでしょう」

「だとて現在操を破られたではないすか」

「おっ母さん、よして頂戴。人からそんなにされたと言っちゃあ、あたしが可哀そうよ。貧乏な世の中の娘が可哀そうよ。あたしが道楽でしたことなのよ」

　母親は道楽な娘を持ったことを悔いはしなかったが、これからさきの生活やいろいろの入費を見積らないわけにはゆかなかった。貧しい娘が自分の心にもなく、男の出来心から子供まで生まなければならぬ破目に落されたことはあきらめて済まされなかった。世間のとりざたなどは母親の世界ではあるならいで気にならなかったが、この「世間のとりざた」を持ってゆけば、名誉のある男なら知らぬ顔は出来ない筈だ、相当のことをするのがあたりまえだと、母親は考えた。

61

お花は街端《まちはず》れのある産科病院へ入院した。そこはある寺の境内にあった。それはお花ばかりではない、世間には人に隠れて子供を生まねばならぬ不幸な女が沢山《たくさん》あることをお花は見た。いろんな風采の男や選まれた父親達が、こっそり産婦見舞にやってきた。

「これが花井さんの子供だったらどんなに嬉しいだろう」お花は急に女らしい気持になった自分を不思議にもいじらしくも思うのだった。

土田はお花の母親に何がしの金をことづけてよこしたきりで、見舞状一本くれなかったが、お花はそれを怨みに思ったり腹をたてる気にはなれなかった。せめて五木にでも逢ったら慰められることもあろうかともおもったが、五木はこんな身の上になった時に逢う恋人としては、あまりに坊ちゃんでたよりなかった。

生れるに好い境遇にいない子は生れない方がいい、幸いにもお花の胎児は成育不良で流産してしまった。十月の末にやっと退院してそれからずっと兄の家に養生していた。夏休みのうちに貯えた新しい元気と製作の感興を持って東京へ帰ってきた画学生達から、お花に早く仕事に出るようにしきりに手紙がきた。悪い仲間からはお花の気を引くようなやさしい文句などを書いてよこしたが、お花は気が進まなかった。しかし五木だけにはどうかして逢って見たかった。そして逢った。それはある十一月に入ったある寒い日だった。顔見知りの女中に迎えられて離れになっている五木の部屋へ通された。

五木は嬉しさをかくさずに、飛びつくようにお花の手をとった。五木の顔を見るとお花は泣けて仕方がなかった。

62

炬燵《こたつ》の掛蒲団の下で指と指とが触れ合った。今までに身体と身体さえ触れ合ったことは度々あったが、こんなに身体中にしみわたるような感覚をおぼえたことはなかった。お花の胸は締めつけられるようで、はずかしいほどお腹が鳴った。五木はまるで夢中だった。五木はすでにお花の学生達との噂も土田とのことも聞いていた。久しぶりに見るお花の眼つきなり物腰なり見違えるほど女らしくなったことが五木の眼にもついた。五木は本能的にお花を自分のものにしたい慾望にかられた。

「お花ちゃん、ぼくもいろんなことを知りたいんだよ」

お花は五木のこの素直な単純な申出を微笑《ほほえ》みながらきいた。そして姉が弟にするようにお花はしっかり彼の腕を抱いてやった。

「若様、お客様ですよ」襖《ふすま》の外から婆やが言葉をかけると同時に、親友鈴木が襖を明けて入ってきた。お花はいささか驚いたが、五木はすこしも慌てなかった。

「君、ちょっと応接間へいってくれないか、ぼく、今結婚している所なんだ。あとで君にも相談があるんだ」

相談というのは、お花と婚約しておきたいこと、お花を妹と一緒に学校へ入れたいこと、その旨をお花に伝えることであった。鈴木の考えは五木よりずっと世俗的であった。

「お花がその気なら向うの親はむろん承知するだろうが、君の両親が許してくれまいよ。花嫁さんがモデル娘ではね」

「ぼくの両親はそんなことは問題にしないよ。ただお花がぼく達の愛情を母親に信じさせるかどうかが問題なんだ」

「それじゃぼくが双方の親達の意見を聞こう。むろんうまくゆくように計らうがね。しかしその間は君達は結婚を遠慮していてくれないと困るよ。二人の間を不真面目に見られちゃ、ぼくの仕事がやりにくいからね」

63

お花は五木と実際結婚しようなどとは夢にも思っていなかった。五木の言葉にすこしの嘘もないことは分っていたが

「あたしなんかが、あなたのお嫁さんになったらそれこそ大変だわ、お似合のお嬢さんがいくらでもあなたの周囲にはあるわよ」

「ぼく本当に君を愛しているんだよ」

「そりゃ分ってますわ。だからあなたがあきるまで可愛がって遊びましょうよ。あたしそれでいいの、あなたはまだ知らないんだわ、あたしはそりゃ悪い子なのよ、それにまた男ってものはすぐ遊び相手にあきるものだわ」

お花は別れた。五木に言ったことを思い出して、ひとり寂しかった。鈴木が話をきめるまで暫くの間、逢うまいと何げなく約束したことも悔いられた。五木の意を伝えて来る筈になっている鈴木があれから十日にもなるのに一向やって来なかった。

「どうしたんだろう、五木さんは鈴木から何か聞かされて私をいやになったのではあるまいか」お花はそんな風にも気をまわして見た「あたしはそりゃ悪い子なのよ」と言った意味が、五木には分らないで、鈴木の方は悪くとったのではないだろうか。

「あたしは五木さんから半襟一つ貰おうなんてさもしい心は持っていない。あの人が受けてさえくれれば何でもあげて好いと思っているのに、いくらあたしが貧しい娘だからと言ってそう思われるのは恥ずかしい」そうもお花はひがんで見た。

お花は鉛筆をなめながら何遍か五木に手紙を書いて見たが、思うように書くことも、うまく字を書くこともむずかしかった。鈴木にだけ葉書で明晩池の端まで来てくれるように書いて出した。後でお花は、五木もその時つれてきてくれるように書けばよかったと思ったが、そんなことはどうでも好い、事によれば五木のことは思いきって、この切ない心持からはやく卒業してしまいたいとさえ思った。

64

お花の血の中には野育ちの狂暴なものが潜《ひそ》んでいた。ともすればお花は自棄の泥の中へあやうく落ちてゆこうとした。しかしまたお花の心には正しいもの純なものに、すがりついても浮みあがってゆく健気な意志があった。花井が去ってしまってからは五木はお花の光だった。しかし五木は傷ついたお花を抱きあげてかばってくれるには、あまりに年若くそして弱かった。

お花は約束の時間に池の端へきて待っていた。間もなく鈴木はやってきた。

鈴木の話はこうだ「五木はお花さんとあんな関係になった事を後悔している事。それで結婚することによってその償《つぐない》をしようとしている事。しかしお花さんが結婚を拒絶するのはどういう理由か。今のままの状態で二人の関係をつづけてゆくことは世間的に好ましくない事。その関係を絶つとすればお花さんに何か要求があるだろうか、ありとすればそれを聞きたい事」等であった。

「鈴木さん、そりゃ本当に五木さんが言ったことなんですか」お花は口惜《くや》し涙をのみながらきいた。

「むろん、五木はぼくの親友だ、お花さんも友達じゃないか、どちらにも悪いようにはしないつもりだ。ぼくは五木の言った通りに伝えているんだよ」

「そうですか、それじゃあよござんす。五木さんにそ言って下さい。あたしもうあなたにお目にかかりません、そして申し上げることはなんにもありませんから」お花はそう言ってしまうと鈴木を残してどんどん走っていってしまった。

「おい、お花は何って言ってた？」物影へ隠れていた五木が出てきて鈴木にきいた。

「お花は結婚もいやだし君に逢うのもいやだとよ、結局面倒がなくてよかったよ」

「そりゃうそだ！　そんなはずはない」

五木はそう言ってお花の後を追うて駈出《かけだ》そうとした。鈴木は五木の手をつかんで

「よせよ、よせよ、あんな女、男らしく捨てろ、ぼくは君を惜しむから言うのだよ」

65

お花は夢中で池の端の暗い方へ走っていったが息切がして立ちどまった。すると池の水を渡って響いてくる三味線の音がなつかしく聞えてきた。弁天様の境内にあるお茶屋らしい座敷からであろう。「私のようなものは生きていなくてもよかったのだ、こうなるのはあたりまえだった。だが世間の人達はどうしてもみんな私より幸福そうだ」仲町の方に立並んだ家の二階には灯が明るくついて賑やかな男や女の笑い声が聞えてくる。暖そうなコオトをきた女を、やさしく抱くようにして家の方へ帰ってゆく男もあった。どこかでくすっと女の忍び笑いをする暗い露地《ろじ》もあった。

お花はいつか三橋へきていた。暗いガス灯の下へ人だかりがしているので、お花もつい近づいて袖を抱えて寒そうに立った肩の間から、柳の根に坐っている男を見た。いま一曲終えた所と見えて、投げて貰ったお鳥目《ちょうもく》を数えるように一つ一つ拾い上げては頂くまねをして袂《たもと》へ入れている様子は盲目だ。この寒空に綿のはみでた袷をしょんぼりきている。男はまた尺八をとりあげて息をふきこんだ。そしてゆっくりと吹きはじめた。お花はどこかその唄に聞き覚えがあった。夫《そ》れは北国の城下へ残してきた母親の男が、機嫌のいい時吹いてきかせた唄い口にそっくりだった。もしやあれではないだろうか。お花は人をわけて近よって其《そ》の横顔を見た。髯と垢に埋もれた顔はそれとも見分けがつかなかったが、其の吹く歌をきいていると不思議とあの頃の気持に帰れた。すると一曲吹き終えて左手に竹を支え右手でそっと襟を掻き合せるその手つきは昔ながらの彼の癖だった。たしかに彼だ。この男もやはり幸福ではなかったのか。人前さえなければ昔呼びなれた名を呼びたかった。お花はもうそんな子供ではなかった。

66

「おっかさんにこの男を逢わせてやろうかしら」世には愛しながらいつか心がはぐれて互《たがい》に遠のいてゆかねばならぬ人間もあり、愛という程のものでないただの悪因縁に引きずられてこうして遠い旅を流れてゆく男もある。愛しきることの出来ない者を愛することも不幸だが、救うことの出来ない者によせる同情が誰をも善くしないこともお花は学んだ。

「この男の運命にはもう係《かかわ》るまい」お花は心に言った。「みんな辛い運命を背負ってゆくのです。あんたも丈夫でいて下さい」お花は財布をさぐってあるだけの金をそっと箱の中へ入れてやって、人目から逃げるように男の傍をはなれた。

　家へ帰っても母親には何も言わなかった。母親はまたお花が外歩きも出来るようになったのに別に何をするでもなく、窓から外を眺めたり溜息《ためいき》をついたり、ぶらぶらしているのが、兄にも気兼だった。長屋中では「生れた子は旦那が引受けたそうだが、仕送りで毎日遊んでいられる羨《うらや》ましい身分だよ」とお花の噂をしているのをきくにつけ母親はむしゃくしゃしてならなかった。しかし母親はお花の今度のことにしても、口に出して何も言えなかった。「どうせおっ母さんの娘ですもの、男で苦労するわよ」そうお花に言われそうで母親は娘にも気をかねていた。

「お花や、気分の好い時はすこしいって見さいか。先刻もまた伊東さんが来たずに」伊東というのは近所に住む日本画の画工で、江戸末期のデカダン風な芝居絵をかく男だった。お花は一度雇われていって、細縄で縛りあげられて悪者にさいなまれている姿勢をさせられて懲りていた。伊東はお花親子を芝居に誘ったり江戸の職人らしい金放れのよさを示しに毎日のように母親を訪ねてきては、お花を一日でも貸してくれと頼むのだった。正直な善い人だけれど、どこか汚い暗い深いところへ引きずりこまれそうで、お花は彼が不気味だった。

初春狂言

67

お花は何をするでなく毎日のように家を出てはあてもなく街を歩いていた。あすこの柳の下に、この街角に、もしや尺八をふく男が坐っていはすまいかと探すともなくそっと眼が探していた。逢ってどうしようというのではない、はぐれたお花の魂がよりどころを求めてさまようてゆくのだった。

年の暮に、兄は勤めている会社の女事務員と結婚して借二階を出て家を持った。お花と母親はその二階で生計をたてねばならなかった。母親は破れた蒲団を纏《まと》いながら「正月だというのに新しい下駄一つ買えそうもない」自分をお花にぶつぶつこぼした。お花は母親をたよりに出来ない、自分を、そして自分をこんなにたよりにしている母親を、二重に可哀そうに思うのだった。モデルをはじめてから丹念に溜めた貯金帳も開けて見るまでもなく大方は引出してしまった。それでも、あればあるでなければないで、どうにかこうにか人間は暮してゆくものだった。お正月は門松をたてた表通りを、お花の二階には見向きもせずに通り過ぎていってしまった。

たどんの行火《あんか》がすこし暖すぎる時候になると、お花は自分からまたモデルに出て見る気になった。

「おっ母さん、あたし先生のところへでも行って見るわ」

「ほう、駒込先生すか」

駒込先生はお花が父親のように何くれの相談を持ってゆく先生だった。先生は頑丈な身体に似ずやさしい人だった。お花が学生から学生へと浮かれ歩いている時に、貯金をすすめたのもこの先生だった。花井のことも、五木のことも、土田先生のことも、お花はこの先生には話した。先生は好いとも悪いとも言わずに、ふんふんと聞いて呉れた。お花は嬉しい時にも悲しい時にも先生の画室のソファへ泣きにいったが、病院を出た頃からはずっと御無沙汰をしていた。お花は押入から行李《こうり》を出してひつくり返していた。

68

東京へきてからぼつぼつと拵《こしら》えた着物は退院以来みんな米や薪の代になってしまって、外へ着られる着物と言っては、はじめて城下をたつ時作った橙《だいだい》色《いろ》のふきのついた大名の袷しかなかった。

駒込先生は旅へ出ていなかった。そこでお花は引返して学校の方へ歩いていった。丁度《ちょうど》日曜日で、三太郎の命をうけたパンさんがお花を探して学校の門を出る所だった。

それからずっとお花は三太郎の画室へ通っていった。お花ははじめて三太郎を見た時、黙りこくったいやに気むずかしい人だと思ったが、自分に気むずかしいかわりに人にも細かい心づかいをする人だということが分った。

「古風な着物をきてきたね」

「あら、これ東京へくる時きてきた田舎の着物ですわ」

「なかなかいいよ」

お花はそう言われて思い出した。いつか花井のところでも、やっぱりこの着物をほめられたことがあった。そう言えば、この人もどこか顔だちにも物の言振りにも花井に似たところがあるのが不思議だった。それからずっと後のことお花はこの事を駒込先生に話した。

「今いっている人、そりゃ花井さんにそっくりなの」

「また花井のように好きなのじゃろう」

「いやな先生。あたしもうあの頃の元気なんかちっともないわ」

お花は三太郎の画室へ通いながら自分からこまごまと三太郎の日常生活に女らしい世話をやいた。茶を入れるとか、冬のものを洗《あらい》張屋《はりや》へ出すとか、散らかった書物を整理するとか。中でも洗濯に非凡な技倆《ぎりょう》を表して、三太郎に賞められるのが嬉しかった。

それにしてもこの人は相当の年配になりながらどうしてこんな下宿住居などしているのだろう。家も奥様もないのだろうか。そう言えばお友達もあんまり来ないが、寂しくはないのだろうか。

69

「今日はもうこれでお休みだ」ある日の午後、三太郎はブラシを拭きながらお花に言った。

「どっかお出かけなんですの」

「うん、お寺詣《まい》りだ。お花ちゃんはこれから活動へでもゆくと好い」

「この頃は眩暈《めまい》がして活動もいやですわ。先生のお寺はどこですの、あたしもお寺詣りは好きですわ」

「駒込の吉祥寺だがね。墓詣りなんか好きにならない方がいいよ」

「あら、それじゃあたしの帰る道です、あたしもお伴しますわ」

三太郎はお花がたいして邪魔でもなかった。そこで出かけた。そこには吉野の墓があった。「遠山如夢信女」と書いたまだ新しい卒塔婆《そとば》に水をあげて、三太郎は黙って長いこと拝んでいた。お花は傍に立って三太郎のすることをじっと見ていた。

「死ぬもの貧乏って、ほんとにつまりませんわ、でも仏様はなんぼうかお喜びでしょう」墓守の女がお世辞を言ったが、三太郎は黙って起ち上ると、銀貨を女の手に渡してさっさと門の方へ歩き出した。お花も後からついていった。

「君はここからお帰り」三太郎はそう言って大股に電車通りの方へきえていった。お花はぼんやり三太郎の後姿を見送っていたが、急にあわれっぽい寂しさにおそわれてきた。

お花は家の方へ帰る道でパンさんに出会《でくわ》した。お花と同じ町に住んでいたパンさんは、いつものように三太郎の画室へ出向く所だった。

「パンさん、先生はいないわよ。だけど先生はどうしてお墓詣りなんかするの、誰の墓なの、あれは」お花はきいた。パンさんはみんな知っていた。そしてお花に話してくれた。

「まあね、そしてそのお子さんはどこにいるの」お花は三太郎がいつも暗い顔をして、黙りこくっていることも、寂しそうなわけもそれでわかったような気がした。

70

お花は三太郎が、子供まである奥様と別れたり、新しい恋人と京都で同棲したりその子を他家《よそ》へあずけて身軽に下宿住居などしていることを理解することは出来なかった。それにはお花は年も若かったしそういう境遇を知らなかったからでもあったが、ただ、今の三太郎の境涯が幸福でないことだけはわかった。相当の年配に達したこの男の限り知られぬ悲しみが、どうかした拍子にはお花への親切になって現れるように見えた。三太郎の寂寥《せきりょう》はその絵具の中にも、彼の横顔の影にも細いズボンのまわりにも漂っていた。お花はほんとうの幸福というものに縁が遠かったが、悲しみにはすぐ同感出来た。

「気の毒な寂しい人だわ」お花は三太郎の限りない悲哀につれて世界の果までも歩いてゆきそうな気がした。

ある日お花はいつものように「母への憧憬」の下図の姿勢をしていると「パパ」と言っていきなり画室へ入って来た子供があった。お花はびっくりして顔をあげると、子供につづいてパンさんがにこにこしながら入ってきた。それは三太郎の子供だった。山彦は土曜日から日曜へかけてパパの宿へ泊りにくるのを楽しみにしていた。この日も土曜日でパンさんが迎えにきてくれた。山彦はちょっとお花の方を見ただけで、すぐにもその辺の本だのカルトンだの引掻きまわして、鉛筆で馬や兵隊をやたらに画き散らした。お花も面白そうに少しもじっとしていない子供を眼で追いながら笑った。パンさんは新聞を読んでいた。土曜の晩にはきまって三太郎とどこかへ遊びにゆく習慣だったので、何か催しものを探していた。

「慶應の講堂で明日の一時に結城孫三郎の影絵がありますね」

「パンさん、影絵ってどんなもの」山彦がきく。

「さあ困ったなあ、なにしろ見にゆくとわかります」

「先生、あたしも坊ちゃんとゆきたいわ」お花がねだった。

71

どんな女にも本能的に母の感情があった。お花は「母への憧憬」のために山彦を抱いた姿勢をしているうちに母親の愛情を感じることがあった。山彦もチョコレイトや木の葉パンを呉れるお花を好いた。

三太郎は製作に熱中した。彼の画風は物質の実感よりも感情を主とした。だから彼の製作の画因《モティーフ》としてお花が必ずしもはまらなくてもよかった。彼女はもはや彼の日常生活にもなくてはならぬ調度の如きものであった。彼女の方も自分がモデルだという意識を忘れて、三太郎の生活の中へ、彼の苦悩にも彼の感興にも与《あずか》った。

子供と一緒にいる三太郎はパパらしく気むずかしい顔をしているが、製作が思うようにはかどった時などは頗《すこぶ》る上機嫌で、晴々と口笛などふきながら

「今日は君に御馳走《ごちそう》してやろうかな」

「ええどうぞ」

三太郎は食道楽だった。東京中の料理屋は殆ど食って歩いていた。彼の巡礼は味覚のためばかりではなかった。数寄《すきこ》を凝らした室内の影の工合とか、庭のたたずまいとか、茶器や捨石を見て歩くのが好きだった。

彼は街を歩きながら骨董屋の店とか古着屋の暖簾《のれん》を見逃さずに覗いた。はじめはお花も彼の道楽を解しなかったが、ごたごた並んだ汚らしい物のなかで彼が眼をつけているものがどれだかすぐ分るようになってきた。

「風流らしく古めかしく拵えたイカモノが多いね、わかるかい」

彼はまたお花のために、古い黄八丈だの琉球の青縞だのカピタンの帯などを買って着せて見た。お花は着物に対する眼もいつか開けてきた。素朴な泥染の味などはお花にもすぐ分ってきた「あら先生もお好き？　あたしの国でもみんなかぶりますわよ」彼女はお高祖頭巾《こそずきん》を持ってきて紅《あか》い紐をしめて見せたりした。

72

前にも書いたように山彦の誕生日が五月一日だった。その日がきた。山彦を預けてある日比谷の官舎へ、三太郎は朝早くから出かけた。誕生日のお祝を預けてある家でして貰うのも気がひけるので、どこか料理屋へ子供をつれて頭つきの鯛でも祝いたいと、日比谷から歩いて芝浦の方まで出ると、例の五月祭の行列に出会したのだ。泥製の金平糖《こんぺいとう》に引張られてペンキ塗の建物へ連れこまれたりして、五月の爽《さわや》かな朝がだいなしにされてしまったのだった。

お花とパンさんが三太郎の宿へもう来ている時間だった。「みんな連れていってやろう」そう思いついたが電話のきらいな彼はとうとう柳島の橋本までいって、そこで女中に宿へ電話をかけて貰った。土蔵の壁へ青葉の反射がうっすらと映えて庭の石は光らぬほどに濡れている。三太郎はここへきてやっと落着いた。

お花とパンさんもやがてやってきた。

「こんなごたごたした街にこんな静かな家があるんですね」

「昔はこんな工場なんかなかったろうよ。なんでも葦の間に白帆が見えるとかいう小唄がある位だからね」

「抱一がありますね、綺麗に描いたな」

「それだけの細工だね、気品というか、いや風格が欠けているね」

「そうですね、光琳の方が弱くてもまだ何かありますね、間のぬけた」

「間がぬけていそうで、どこか凜《りん》とした、やっぱり宗達だよ、この派では」

酒が出た、膳が出た。たった二本の銚子にみんな酔っぱらった。パンさんは双親とも生れた時からなかった。お花はたよりない母親一人。山彦も片親。三太郎の両親は田舎の方に生きているはずだが、勘当になったきり消息もない。みんなつまり家庭を追われた人間の集りだった。

73

展覧会の期日は迫ってきた。お花は姿勢をする合間には三太郎の身のまわりの、食物の或《あるい》は着物の面倒を見ねばならなかった。お花は始めて洋服の手入れや男の着物の寸法などを知った。トランクが三つばかりの最単位の生活だし、すべて簡素を好む三太郎の日常は単純ではあったが、なかなか内容が複雑だった。お花は三太郎が黙って坐っていても、今何を欲しがっているかをすぐ感づくまでには全く新しい経験なのでなかなか骨が折れた。しかしお花は勉強してすぐそれに馴《な》れた。

三太郎は下宿の食堂へ出て、学生や支那人や印度人と並んで食事するのがいやだった。朝の食事はパンとコーヒイにサアディン位ですませてから、毎朝お花が来るのを待っていた。お花は夕方にも電気コンロで簡単な晩餐を作っていっしょに食べた。パンさんも大抵この晩餐に加わって、お花を送りかたがた帰っていった。

ある晩のこと、パンさんがやって来なかった。

「どうしましょう、こんなに夜おそくあたし歩けないわ、泊めていただけませんの？」

「ただし蒲団がないよ」

「こんなに暖いんですもの、ソファの上でも結構寝られますわ」

翌朝早くお花の母親がやってきた。お花にきいたより醜くはあったが、思ったよりお人好しだった。はじめは東北訛りでとげとげと何か言っていたが「生れてこの方一晩もこの子と別に寝た晩はなかった」ので心配したのだと言って笑い出した。

母親は椅子の上の端の方へ危かしく腰かけ、お花の入れた珈琲《コーヒー》をとりあげて嗅ぎながら

「ほう、これはなんというものだすか」

「お茶ですよ、やっぱり」

「おっ母さんはじめてなのよ」

「するとおっ母さんは、今日は生れてはじめてのことばかりある日ですね」

三人とも声をあげて笑った。

74

それからは遠慮なしにお花は画室へ泊っていったが二晩も帰らないと母親はぶちくさ言いながらやってきた。三太郎は自然母親の暮し向きの愚痴までも聞かされた。蒲団を拵える、簞笥《たんす》を買う。紋附の羽織をつくる等々母親の言う通り三太郎はしてやった。

展覧会は三越で開くことになった。新聞は好意を持って宣伝してくれた。初日から景気は好かった。

「あなたが会場へいらっしゃらないから折角《せっかく》のお客様も皆買わないで帰りましたよ」と会場係の人に言われたが、三太郎はどうも気がひけて会場へ出向くのがいやだった。

二日目の朝、宿の女中が来客を知らせた。お花の従兄《いとこ》だという男と、一人は法律の熟語など使って話すような男だった。

「あんまりむずかしく話さないで下さい、結局ぼくがどう御返事すればあなた方は満足なのですか」三太郎はじれた。

「お花をつまり引取って下されば私の——つまりお花の母親は満足するので御座います」

「よろしい、お花のことは万事引受けました」三太郎はきっぱり返事をして、二人の男を帰《か》えした。

気持の悪い客が帰ると、お花は次の部屋から出てきて、三太郎の傍へ腰かけた。

「すみません、先生に御迷惑ばかりおかけして、でも……」その次はどう言うか三太郎は待っていたが、お花は言葉を探すような風を見せながら三太郎の手をとってそれを自分の胸へしっかり抱きしめた。「御迷惑でもあたしを可愛がって下さい」そうお花は心に言っているのだと、三太郎は解釈した。

「よろしい万事引受けました」と二人の男に言ったことからもう一歩進めた所まで三太郎は腹をきめたわけだった。

そこへまた、展覧会の中日朝、同宿の法科大学生が一枚の新聞をもって、三太郎の画室へ入ってきた。

75

「これをまだお読みにならないでしょう」法科大学生の差出した新聞を三太郎は取りあげて見た。三面のトップに「山岡三太郎訴えらる損害賠償金五万〇千円云々」とある。アルプスという本屋が出した北山白雲作中川新吉作曲の楽譜の音譜を、三太郎が画いた絵葉書の包紙に無断印刷した版権侵害の訴訟だ。

「展覧会の中日に訴訟を起すなんてこの弁護士もなかなか考えましたね。それにしてもあなたは御存じなかったんですか」

「訴訟なんかするとは思いもよらなかった。実はぼくが京都から帰った時作曲家の中川新吉が訪ねて来て絵葉書を出している亀屋がこんなことをしました。私が掛合にゆくとてんでうけつけないのです。絵葉書があなたの名ですからあなたに御迷惑を或は掛けるかも知れないと言ってきたのです。ぼくは早速亀屋を呼んできくと、いやあの中川は発行した絵葉書の部数だけ印税を呉れというから損をしてまで出す気はないから絶版にするつもりだ。決してあなたに迷惑はかけないというのだ。それにしても君の方が無断で借用したことはよくない、何とか穏《おだや》かに謝礼をした方がよかろう。そう言ってぼくはうるさい取引所から手を引いてしまったんです。絵葉書は須磨子一座でやった芝居のスケッチだったが、ぼくはその頃京都にいて出版の事も楽譜を入れたこともむろん知らないんだ」そんな話をしている所へこの頃売出しの星岡という三太郎の友人の弁護士から「ぼくが弁護に立とう」と言って使《つかい》をよこしてくれたが、三太郎はぼくに関することでないからそれには及ばぬと返事をしたものだ。三太郎にすれば主観的に少しもこの事件に関していないつもりで一向気にしていなかった。

しかし世間の人間は新聞の活字の大きさほど興奮して、三太郎をさも不届きな人間のように見たことが、ずっと後になって三太郎にもわかった。

76

「むろんこれは私の方の手落ちですからあなたに御迷惑は掛けません」と亀屋から詫《わ》びて来たので、三太郎もその通りだとして展覧会が終えると、お花をつれて伊香保へ身体休めに出かけていった。亀屋から追かけて手紙がきて、弁護士を頼むため、印鑑が要るから帰ってくれと言って来たが「もうそんなうるさいことには係りたくない、好いようにしろ」と返事をして、だんだん山を奥へ入っていった。

長野へ出て松本から諏訪、甲府、それから鰍沢《かじかざわ》から富士川を下って、見延、沼津、三島から旧街道を箱根へ越して、展覧会で入った金がなくなるまでそこにいた。

この旅は三太郎にとってすら愉快なものではなかった。いつもいらいらしていた。お花も三太郎の神経に感染したものか、鰍沢の宿で剃刀《かみそり》をとりだしてヒステリックに泣き出した。自分で死ぬつもりだったのか、三太郎を殺すつもりだったのかはっきりしないがなんしろお花にもこの旅は幸福でなかった。

夏が深くなって山では秋風が立った。三太郎は箱根を立って、東京へ帰ってきた。お花は彼より先《さ》きに東京へ帰っていた。宿へつくと早速使に手紙を持たせてお花を呼びにやった。母親の返事でお花は旅をして家にいないとのことだった。三太郎はその手紙を持ったままお花の家へ出かけた。青山という車屋の二階をやっと探しあてて、母親に逢った。母親ははじめは強硬にお花は国へ帰ったと言張っていたが、だんだん本当のことを言ってしまった。それによると静岡在の資産家の息子で東京のある銀行へ勤めている若者が、この一月頃からお花を嫁にほしがっていた。母親をも引取って不自由はさせないからという条件で婚約をしてしまった。お花はその男といま日光見物に出かけているというのだ。

極めて単純にすらすらと言ってのける母親のこの話を、三太郎は黙ってきいていた。

濱名湖

77

三太郎は旅の夜などにお花がこれまでに逢った男のことはみんな聞かされていた。むろんその男の名も思い出せたが、そう手取早く婚約して旅へ出るとは思いもよらなかった。

三太郎はいつの間にかお花を愛していた自分を見た。お花が彼の手をすり抜けて行ってしまった今はじめてそれを知った。そしてその愛着が案外根深く彼の生活の中に浸みこんでいることに気がついた。

男が若くて金持で母親にまで親切だとあっては母親の気に入るのも無理のないことだし満足をあからさまに三太郎に示しながら話す母親に、彼は自分の心持を見られるのが恥ずかしかった。彼は黙ったまま宿へ帰ってきた。

旅の留守の間にきた手紙の束が卓子《テーブル》の上に積んであった。三越から追注文の屏風なども来ていたが、三太郎はいまはそれどころではない気がした。三太郎にお手本を書いて貰ってお花がやっと文字書きおぼえて日記をつけはじめた頃「窓の青桐の葉が今日一枚ふえました」と書いた青桐も、いまはすがれてかさかさと風に鳴った。「パパは今日ミカドの会へゆかれました。お花はおうちでお窓のとこで葉をかぞえています」とお花は書いた。

絵をかく仕事は横に空間を仕切って眺めることだが、感情は後から先きの方へ傍目もふらずに進んでゆくやつで、ちょっと身をかわして立ちどまれば案外つまらないことを思いつめていたことが気がつくのだが、因果なもので止《とどま》るところを知らない。三太郎は絵かきのくせに仕切ることを忘れて変な道へ深入りしてしまったものだ。是《これ》でなければあれ、あれでなければこれと、絵具箱の中のチュウブの色を探す余裕も智慧もなくした三太郎を、我々第三者はまず黙って見ているより外《ほか》はない。

78

二三日してお花から「帰りました。そのうちにお伺いしますから」という手紙がきた。三太郎はお花がどんな顔をしてやってくるか、心待ちにして待っていた。お花はやってきた。

「あたしね。箱根から帰ってずっと病気だったのよ。すこしよくなるとあたし田舎へいって見たくなったの、城下のおじいさんを見にいったの」

「日光見物にいったって言ったよ」

「あら、おっ母さん？　ええそれはね、おっ母さんがあの男をお気に入りなんでしょ、だから日光見物とあの男をだしにしてあたしひとり城下へいったの」

「その男はどうしたんだい」

「日光から一人で帰ったでしょ。パパあたしを信じて、ね。あんな男なんかには興味もないのよ。ただおっ母さんの顔を立ててやっただけなんだから」

「しかし男の方はそれで婚約したつもりでいるんじゃあないか」

「もうそんな気を起させないように、思い切らせるために日光へいったんだわ」

男と日光見物に出かけた理由として理由になっていないことを、三太郎は強いて詮索しようともしなかった。三太郎はお花の言うことをそのまま信じた。（もし女の言うことを一つでも疑うならば遂《つい》に女のすべてを疑わねばならない。全く信じるか、一つも信じないか、どっちかにする外に男の生きる道はない）

三太郎は無難で利己的な道を選んだ。お花は（男というものは女の嘘を本当のことよりも喜ぶものだ）といつか体得してしまった。相手が三太郎のような男であり、相手がお花のような女であったのが、二人のために宿命的の不幸だった。

「あたしもう家へ帰るのはいやなの、だっていつでもあの男が来ているんですもの」

お花は三太郎の宿へ泊ったきりうちへ帰ってゆくことはめったになかった。

79

　可愛いいあの子はどうしていやる
　屋根に烏《からす》の鳴く時に
　娘のままでは出ては来ず

コンクウルの晩などそういう唄を盛んに歌いながら「眼のない鳩さん」と呼ばれたお花をとりまいて踊り狂ったことを画学生達は思い出した。お花が三太郎の画室へ入ったままどこへも顔を出さず、学校へも姿を見せないことが噂の種だった。

画学生達はお花を独占している三太郎がいまいましかった。ある夜彼等は集った。少し飲んだビールの勢いで彼等の一団は出発した。三太郎の画室である二階の窓の下へくると、そこへずらりとならんだ。そして一、二、三ではじめた。

　ばあかのばあかの三太郎やい
　眼のない鳩の唇は
　あっちでちゅっ　こっちでちゅっ
　みんなで吸ったらとんがった
　ばあかのばあかの三太郎やい

ひとくさり合唱を終えると学生達は何か答があるだろうと灯のついた窓を見上げて待ったが、ひっそりと窓は開かなかった。学生達は再び合唱をはじめた。

三太郎はその時夕餉《ゆうげ》のあとで茶をのんでいた。三太郎はその合唱を聞きながらお花を見た。お花は自分を恥じたのかそれとも聞えない振りをしたのか、首をたれて茶碗の中を見つめていた。なんにしても三太郎はお花を惨めにするのが可哀そうで、自分が笑われていることには平気で、第三回の合唱が終るまで、黙ってそこへ腰かけたままの姿勢でいた。

画学生達は引きあげていった。

お花の唇が百人の学生に触れたと聞いても三太郎は今更《いまさら》驚きもしなかった。もし自分に出来るなら、傷ついて追われてきたお花の肉体をも魂をも健康に清めてやりたいと考えた。

80

お花は三太郎を上野の停車場へ送ってきて、汽車が出ようという間際に三太郎の手をとって、おいおい人中で泣き出した。今迄《いままで》お花がこんな激情を大胆に示したことはなかったので三太郎も驚いた。

お花の故郷の近くの小都会に三太郎の知人がいた。新築した家の装飾を頼まれてそこへ三太郎は出向くのだった。

「パパお花を信じてね。今迄のお花じゃないのだから、パパの娘になってから、そりゃ好い子になっているのよ。捨てちゃいや、捨てちゃいや」旅へ出ると決った日にも、三太郎をつかまえてそればかり言っていた。お花がこんなことを今更らしく言うのは、あの画学生の合唱のためだと彼は考えた。あの合唱の後、三太郎の手許《てもと》へは、表紙へ（蝕《く》ちた紅薔薇《べにばら》）と題してお花の情事の限りとお花の持っている悪い病気などくわしく小説体に描写した手帳や、三太郎とお花を漫罵《まんば》した手紙が数通舞込んだ。それをお花も読んでいた。

「なんだかパパはもうお花の許へ帰って来ないような気がする。パパに捨てられたらあたしは死ぬのよ。そうよそうよ。あたしなんか死んだ方が好いのね、パパ」

今死ねば、この子は一番幸福の時に死んだと言える。三太郎はそう思ったがそうは言えず気に入ることを空々しく言う気にもなれないので黙っていた。

「あたし書くわ、お寺へいって懺悔するように、パパに何もかも書いて送るわね。パパには恥ずかしいことも辛いこともみんな聞いて貰いたいの。お花の悪いところも好いところも——好いところもあるってパパはいつか言ったわよ——パパだけに知っててほしいの、パパきっと帰って来てね」

「じゃもう死なないんだね」

「ひょっとしたら——パパさえ可愛がって下されば死ななくてもよいのだもの」

81

「パパはよく旅から帰ったらまず静かな畳のうえに腰をおろしてお茶をのみたいと、おっしゃいました。あたしももうあのホテルでお留守居をするのがいやになりました。自分の家を一軒もって、あたしがパパをお迎え出来たらどんなにうれしいとおもいます。ね、そうしてもよろしいでしょ」お花から旅の三太郎へそんな手紙が届いた。「それにどうも、あなたはさぞびっくりなさるでしょう。あたしはあなたをびっくりさせるつもりではないのですけれど、どうやらあたしただのからだではなくなったようなのです」

三太郎は、大方の男と女とが落ちてゆく所へ遂に落ちてきたことを観念して、どこでもお前の好きな所へ家を借《かり》るが好い、そして身体を大切にと返事に書いた。

三太郎はとにかく「妻の如きもの」に迎えられて久し振りに東京へ帰ってきた。停車場へ出迎えたお花は娘らしい元気をなくした代りに女らしい美しさを加えた。帯から腰のあたりずっしりとした足が地から生えたような落着きを見せてきた。タクシイのシイトに、三太郎の後から腰をすりよせてかけたお花は持ちあげた袂をそのまま三太郎の膝のうえにおいて、満足した妻らしい喜びをかくさずに見せた。

「これが、やがて子供の母か」と三太郎はつくづくとお花の横顔を見まもった。

「あたし痩せたでしょう。引越してからずっと床についていたんですもの」

そう言ったお花の表情の中には、まだ安心しきって何もかも男の心に委《ゆだ》ねながら、自分を信じかねるもの、自分を許してくつろがせることの出来ないもののために、ともすれば満足も安心もかなぐり捨てかねない危険な表情があった。お花のそうした世間への装いを三太郎は寂しく眺めやった。

時 20 分
青 12

82

お花が三太郎を伴って帰った家は、日暮里の藍染川という泥溝《どぶ》の上に立っていた。

「あたしが起きられないものだからおっ母さんが決めたのよ」お花は言訳らしく言って入っていった。母親の小汚い調度の中へお花が新しく買ったらしい小箪笥と茶卓子《ティーテーブル》が目立った。ホテルから運んできた三太郎の黒塗の洋服箪笥をあけて、お花は仕立おろしの浴衣《ゆかた》に袷を重ねて三太郎に着せかけた。

「やれやれ、とにかく家へ帰ったよ」三太郎は茶の間の火鉢の前へ坐りながら言った。母親はこの土地の物価の安いことや、近づきになった近隣の話、琵琶師の婿の品定めなど、それからそれへと話してきかせた。どんな所へでもすぐ生活の根をおろす、この種の女は雑草のようなものだ。

ボール箱を作る家だの、不老長生の薬を売るしもたやだの、鯛焼きの駄菓子屋だの、下駄の歯入屋に隣合っていた。風俗に似合わずお上品らしい言葉遣いをする勤め人のおかみさんもあった。そこの二階には質屋の隠居が通ってくる。出窓で七輪の下を時たま煽《あお》ぐ女もいた。

生活の泥溝だ。

お花は三太郎の気に入るように、朝は早く戸を繰って枕元へ手紙や新聞を揃えておいた。しかしどうかすると、お花は母親と喧嘩をはじめた、総じて涙もろく怒りっぽかった。

それに泥溝の向う側の琵琶の師匠には困った。感傷的な武勇談の文句が聞えてくるし、合の手のペンペンペンペンがたまらなかった。しかもそれを年頃の女の子がやるのだ、三太郎はこの琵琶師がたまらないという理由で、この家を移る相談を母親にして見た。

その頃金沢から西東南風が東京へ来て渋谷へ家を持っていた。すぐ隣に三間しかないが便利に出来た家が空いていた。お花も見てきて母親に話した。母親もしぶしぶ越してゆくことになった。

83

瓦斯灯《ガスとう》のように頭でっかちでのっぽの家だったが、二階の窓下の木立の中から川瀬の音が聞えてきた。すぐ隣が風呂屋で夜おそくまで流しの音がしたりして「まるで温泉へいったようだ」と友達が言った。友達と言っても隣の南風と、南風の細君の兄で俳人の上野歌川の外には訪ねてくる者もなかったし、ホテルを引上げて以来はどこへも居所を知らせてなかったのでもあった。

三太郎はしばらく世間から隠れる気持で、家のまわりに竹を植えて、表札には「笹木」とお花の姓を書いておいた。これはあとで分ったが、お花はそれがいやだった。どうせ自分の名を出されるほどなら三太郎の姓の「山岡お花」と書いてほしかった。三太郎はそういう形式的なことはどうでも好いとつねに言っているくせに、お花の姓を出したことは無造作な思附きとは言えなかった。三太郎は自分を守って、お花はお花としておきたい気持があったことは争われない。

「私と同棲していることを、この人は恥じているのだ」お花がそう女らしい観察をするのも無理ではなかった。「だから私が子供を持つことをきっと心では喜んでいないに違いない」そんな風にひがんで見ることもあった。

三太郎は夜ふけて電車がなくなる頃帰ってくることがあった。そんな時には、そっと三太郎のスケッチ帳をあけて見た。三太郎は外へ出ると何かしら絵とか詩とか言葉とかをきっと帳面へ書きつけた。お花はその中に自分よりも美しい女の顔が描いてはないかと一枚ずつめくって見た。

　世のつねのつまのごとくに冬来ぬと
　　障子張るなりかりそめづまは

そんな歌が書いてあったりした。

お花は生れてくる子供のことや、籍のことなどを、しょっちゅう心に持っていながら三太郎に言い出すのを怖れていた。

84

引越しの時のことだ、三太郎はお花の鏡台から一枚の古風な木版画を見つけた。それは縁切榎《えんきりえのき》の祈禱の刷物だった。人間の恰好をした一本の木が画いてある、その枝や幹へ十二支が書き入れてある、そして呪われる者の年を線香で焼くのだ。見ると三太郎の年にあたるところが焼穴になっている。三太郎は自分の身体を焼かれるような不気味さを感じた。

これはお花の母親の仕業《しわざ》に違いない。それにしてもそれがお花の鏡台の抽斗《ひきだし》から出てきたところから考えると、お花も知ってのことに違いない。三太郎は彼女等の無智を一笑に附す外なかった。いつ頃願いをかけたものか、まさか此頃そんなことをしたとは思えない。前の頃のことだとすると、今更洗いだてして、不愉快になるにも及ぶまいと黙って切抜帖（いろんな印刷物のコレクションのスクラップ）へそれを貼り附けておいた。それは三太郎の好みでもあったが、そんなことを気にしていないという心持を見せるためでもあった。

一体お花は迷信家だった。幽霊も信じていたし、夢でいろんな人に逢ったり、話をしたり出来ると思っていた。

「ゆうべ夢で見たわよ。パパは本郷の弥生ヶ岡を向うへむいて歩いてゆくの、パパの傍に背の高い顔の丸い女の人がついてゆくの、どんどん歩いてゆくから、パパ、パパってあたしが呼ぶのにパパはちっとも後を見てくれないんですもの、あたし悲しくなって、不忍《しのばず》の弁天様の石橋の欄干に腰かけているると、紅い蓮の花がぽんといって咲くの、一つ咲いては天へ上ってゆくの、また一つぽんと咲いては上ってゆくの。あたし嬉しくなって手を叩いたら眼がさめた。そっと探って見たら側にパパがいて安心したわ。でもいやな夢ね、あたしの夢はそりゃよくあたるのよ、これがもしほんとうだったら、あたしいやだわ」そんなことをお花はまじめに話した。

85

「お金のことなら驚かないんだから、うちには良い魚を持ってきておくれ、ああ」西東南風の細君が台所でがなっているのを、お花は耳にしない訳にゆかなかった。台所が向き合っているばかりでなく、三太郎が本をよむ二階から西東家の物干を見ないわけにゆかなかった。この物干のことは後で書くが、南風の父親は、坐食するに足りる産を遺《のこ》して最近死んだので、南風は文壇を冷笑しながら、細君は世間を遠望しながら遊んでいられる身分だった。南風は内々多分の文壇意識を持ちながら超然とした態度を持して口語式短歌でお山の大将を任じて納まっているが、北国人特有の偏狭と我執のために感傷の女と手をとりながら裏道へ裏道へと歩いてゆく気持が、三太郎の弱さのために陰へ陰へと引込んでゆく心持に似ていることが、隣合せに住むようになった機縁であったが、南風の冷笑が引越して間もない三太郎に向けられたことを感じない訳にゆかなかった。

「奥様は綺麗だからどんな風をしても似合っているわ」南風の細君は夕方など、その辺の買物にお花を誘った。南風夫人はすべて粋好みで、ちょっと出るにも大根河岸のけぼり下駄などをはいていた。浴衣がけに薩摩下駄をはいたお花はそういうなりふりの比較をされることを気づかない訳にゆかなかった。

「あたしなんか田舎者だから、奥さんのようにたくさん着物があったって、それこそ猿に衣裳ですわ」お花はおとなしくそう答えた。南風夫人はあらゆるものを比較して見た。つまり眼に見えるもの、数えることの出来るもの、いずれの点から見ても、お花の位置よりも自分の境遇がすぐれていることはすぐ計算出来た。しかし、たった一つお花が自分より二十ばかり年が若いということは、つまりこればかりは数の多いことが自慢にならなかった。

86

　三太郎の隠棲は、家のまわりに竹を植えて日の光をさえぎったほどの遁世ぶりであった。家にいても製作をするでもなく、外へ出るといってもあてがあって歩くのでもなかった。お花が夢に見たように、三太郎に恋人があるわけでもなかった。ただ何かなしに寄りどころのない魂を持てあつかって、転がる石のように歩きまわる日が多かった。転がる石に苔《こけ》なしというが、なるほど三太郎は苔のつくほど腰を据えていられるたちではなかったが、街のほこりぐらいにまぶれていた。

「パパがあすこにいる」ある日西東の家の物干から、不思議なことに山彦の呼ぶ声がした。不思議でも何でもない、西東の息子が山彦と同じ年頃なので西東の家へ遊びに来て偶然隣の家の二階にパパを発見したわけだった。三太郎はお花と家を持っていることは山彦に知らせないし、時たま三太郎の方から山彦を見にゆくに過ぎなかった。子供のことではあるし、パパがどこにどうして暮しているのか知ろうともしなかったが、今見るごとくお花と家を持っていることを発見してただもう面白がった。山彦は、それからは土曜から日曜へかけて泊りがけで三太郎の隠れ家へやってきた。山彦はお花を「姉ちゃん」と呼んでいた。お花は今ではもうひとかど一家の主婦らしくふるまって、山彦に青豆の御飯をたいてもてなしたりした。三太郎は喰べ物では失敗しているので山彦には買った物は与えないようにお花にも注意しておいた。しかし山彦はきかなかった。

「いいじゃないか買っとくれよ、姉ちゃんのお金じゃあないじゃないか」山彦のこういう言葉に出会うと、お花は自分のおかれている位置を考えないわけにゆかなかった。山彦はもうこの「姉ちゃん」がパパのために何であるかと考えて見るともなしに批評的に見るほどにもう成長していた。

87

お花は三太郎が南画の運筆のお稽古をしている傍で白モスの産衣《うぶぎ》を縫いながら言うのだった。

「パパ？」

「なんだ」

「何っていう名にするの」

「男の子なら与太郎、女の子なら川へ捨ててしまう」

「どうして、あたし女の子の方が好いわ。あなたの子供はみんな男だったから、女の子はきっと可愛いわよ」

「不幸な恋をした娘の父親の心持はおれには堪らないからね。吉野の時にそのことをつくづく感じた。ところが母親はやっぱり女性だから娘の恋人に好意も持てるし、娘に同情も持てるものらしいね。お前の母親が若い銀行員を好いたようにね。しかしお前は本当に、子供の生れるのを楽しんでいるのかい？」三太郎はお花の顔を見て言った。お花も三太郎の顔から何か探しものをするように見返しながら
「パパは？」ときいた。

「生れてくれない方がみんなの幸福だよ」言下にそう答えるべきだったが、得心のゆくようにわけを説明するのも困難だし、実も蓋《ふた》もあけて底をわる気になれなかったので、三太郎は黙って苦い顔をして見せた。それにお花が第一に気にしていることはお花が三太郎の法律上の妻でないことだった。生れてくる子は私生児という不愉快な名で呼ばれねばならなかった。三太郎はそういう社会制度が附加える名目などはどうでもよかったが、生るべくして生れないために、不愉快な名で世間へ出てくる子供の不幸や、子の母の不幸を、つまり三太郎自身へ帰ってくる三重の不幸を考えると堪らなかった。身から出た錆《さび》だなどとそう簡単に言切れない漠然とした不安に悩まされた。お花は三太郎さえ世間並にしてくれたら何もかもうまく行くのにと考えていた。

88

事情に係らず子供は生れてきた。しかし幸い生れた時既に死んでいた。黒い髪はふさふさと色白の美しい子だったが、胎毒のために耳や口が傷んでいた。三太郎は自分のどの赤ん坊よりもこの子には深い愛着を覚えた。それほど惨しく生れたためだったかも知れない。

歌川亭と南風とから花輪が贈られ、葬儀万端まるで一人前の人間のように、与太郎は葬られていった。

また母親になりそこねたお花は、しかし元気に美しくなった。与太郎の四十九日には歌川亭は羽織《はおり》袴《はかま》で、南風、南風夫人、お花も盛装して墓詣りをした。墓地近くの料理屋の門で南風は二人の夫人を立たせてもったいらしく記念写真をとったりした。

「産後の女っていうけれど、おくさんは本当に綺麗だわ。与太さんがいない方が却《かえ》って幸福かも知れないわよ。何もかもこれだわね」自分より二つ年下の亭主を持っている南風夫人は、三太郎が彼より二十も年の若い細君を持っていることを理窟に合わないものに思っていた。何がなし三太郎の心掛が悪いことにしてお花に好意を持ったつもりでそう言ったものだ。三太郎はいい気に笑いながら

「いい所があったらお花を世話してやって下さい」というと、お花はむきになった。

「そうなのよ。あたしどんな所でもいいからちゃんと籍を入れて貰ってくれる所へ角かくしをしてゆきたいわ」それは戯談とも思われぬ真剣さだったので、誰も何とも言い出しかねていると

「パパさんと一つ新しく三三九度でもやりますか」と歌川亭がまぜかえしてこの場はすんだ。

お花はあの時、さした心構えもなく言った言葉がいつか自分の心で育ててゆくのを感じた。私はまだ若い、何もかもこれからだ。南風夫人が言った美しいということも計算に入れて未来に幸福をそっと見積って見た。

89

そこへあの地震がやってきた。三太郎は柳橋のある旗亭へ人を招いていたので、お花をつれて出かける所で裸で足袋をはいていた。三太郎は田舎の自然の中に育ったせいか天災地変に驚かないたちだったが、この日はあんまり外が騒々しいので浴衣をひっかけて下駄をはいて戸口をのぞくとたんばったり倒れた。お花もつづいて出てきたが「パパはあたしをおいて逃げだしたのよ」と後で南風夫人に話した。実際三太郎があの時恐怖のため逃げ出したとしても、やはりお花のことを忘れたかも知れないと、三太郎は苦笑を禁じ得なかった。

しかしあの地震は、三太郎とお花のそんな心の隔《へだた》りにも拘《かかわ》らず、狂暴な自然の前に人間を寄添わせたことは事実だ。だが遠いものも近いものも常には気づかずにいる醜さや、浅間《あさま》しさをまざまざと見せ合った。もともと人間が完全でないのか、生活が悪いのか、人間に失望した三太郎はまた憂鬱《ゆううつ》に陥ってしまった。

「何もかも根こそぎ焼け失せてくれればよかったのに、俺は生き残った」三太郎は思い立ってスケッチ帳と鉛筆を持って毎日焼跡の街を歩いた。

お花はある日蠟燭《ろうそく》を買うために出かけた。偶然そこで五木に出会した。

「まあ」お花は何がなし口がきけなかった。五木は目でやさしく笑いながら

「丈夫だった？　やっぱり三太郎さんのとこにいるの」

「ええ」お花は五木が結婚してどこかへ家を持っていることを駒込先生から聞いていた。

「どこに今おいでですの」

「ぼくんち？」五木は学生時代そっくりの口振で「あの学校のうらの丘の上なの」

「あら、そいじゃあ、あたしが毎日散歩にゆく所だわ、松の木の二本ある原ッぱがあるでしょ」

「ああ、あすこの前だよ」

「まあ」お花はじっと五木を見つめた。

90

道ならぬ恋をしました白百合に

歌川亭で月に一回句を作る素人の会があった。お花も南風夫人に連れられて出て見た。これはその席題で作った句で、宗匠歌川亭にからかい半分に賞められて、お花は無邪気に喜んだ。三太郎はこの句の内容にはずっと後まで気がつかなかったほど、お花の感情生活には遠く住んでいた。

お花は松の木の原ッぱへ毎晩のように出かけた。草のうえにしゃがんで、五木の家の窓を眺めた。そこには白百合が咲いていた。五木との逢瀬は果敢なかった。そしていつも悲しかった。

「はやくお帰り、きっと三太郎さんが待っているよ」五木はそう言って、あの頃よりはずっと肉つきのよくなったお花の肩をなでてやった。

「あなたも奥様がお待ちになっているわ」そういう言葉がお花の心にちらと浮んだが、それがすらすら言えないほど心が重かった。お花は涙をふいて五木に別れて帰った。それはどうにもならない恋だった。五木は冷えたホットケイキのように甘くはあっても熱くなれない男だった。お花はもう会うまいとあきらめては帰ってくるのだったが、三太郎が家にいない夕方など、いつかふらふらと丘の方へのぼってゆくのだった。

その頃南風は口語式短歌の雑誌を出していた。編集の手伝いをする尾形という青年が南風の二階に黙りこくって坐っていた。うらなりの糸瓜《へちま》のように長くて青くぶらりと下ったような感じだった。

「尾形君、隣のおくさんがまたふらふら出てゆくよ。どこへゆくかついていって見給《みたま》え」

南風は口の辺にいつも冷笑をうかべながら障子の穴から外をのぞいていた。

お花は原ッぱへいって腰をおろした。尾形も黙ってお花に近づいていった。夕餉時ではあり、屋敷町のこの辺は人一人通らなかった。

91

「あなたは何しにいらしたの？」お花は尾形をとがめた。尾形は青ぶくれた無表情な顔で突立ったまま黙っていた。お花はよく南風の編集室へいって南風と愛情について生活について議論をした。

「女が二人の男を同時に愛することなんか、あたしにはとても考えられませんわ」

お花がやっきになっていうと、南風は相手の顔を見るような見ないような眼を光らせて
「男はそうじゃありませんね。たとえば……」

「パパのことを言うつもりでしょ、だけどあの人は違うわ。あなたは新宿から夜おそく帰ってきて、奥さんにお酒のかんをさせながらお女郎の話を涙ぐましい顔をしてなさる人ですもの、そして奥さんに赤い裲襠《うちかけ》のような寝衣《ねまき》をきせて、紅梅やまだいねたらぬ鶯《うぐいす》のなんて歌をよませる人ですもの、あたしそんな人きらい！」

「こりゃ恐縮ですな。しかしもし男がみんなそうだったら」

「まだパパのこと言ってるのね。あの人はいつでも愛する女がなくてはいられない人だけれど、あなたのように二人の女を一つ床へ寝かして楽しむ人じゃありませんわ」

「もし恋人があったらどうしますか」

「あたしをこのままにして、恋人をこさいたらあたしも、復讐してやるだけだわ」

お花がそんな話をするのを、尾形は黙りこくってきいていた。お花が毎晩のように丘の原へのぼってゆくのは何か企みがあるに違いないと、南風も尾形も察したが、相手があるのか、どんな男かもむろん知らなかった。

お花は三太郎へ復讐のために五木に逢ったのではなかったが、三太郎にかくれて丘の原へいって坐ることに、好い気味を感じだした。お花は咄嗟《とっさ》に「この男でも男に違いないわ」そんな気で、そばに突ったっている男を見た。「尾形さん、あんたはあたしを好きなんでしょう。ねえ、言ってごらんなさい、黙ってちゃ芝居にもならないわよ」

92

「うちの人はね、わたしにいろんなことを言えっていうのよ」南風夫人はお花に話した。

「いろんなって、どんなこと？」

「馬鹿らしくって言えないわ、まさかそんなことを商売にするお女郎じゃあるまいしさ」お花にはそれがどんなことか察しがついた「夜おそくまでお酒をのんで、それからはじめるんでしょう、乳呑児《ちのみご》を抱えていちゃとても堪えられないわ。お宅のパパさんはどう？」

「何をしてるんだか、此頃《このごろ》は二階へひとり寝ているわ。あたしねえ奥さん」お花は急に緊張した表情になって「家を出ようかと思うのよ」南風夫人はいよいよその時が来たことを知った。細君は南風にそのことを話して聞かせた。

「そのことは尾形からもきいたよ」

「じゃ尾形と出る気なんでしょうか」

「どっちだって好いがね。まあ知らん顔をして見物している方が賢いよ」

「私ね、出るんなら月末に払の金を持ってゆく方が好いって教えてやったわ。だってあの人は馬鹿よ、一銭もほまちを貯めていないの。だけど大切な手紙とか写真とかよそ行の着物なんかたいてい尾形が持ち出したらしいのよ、あんた」

「尾形の下宿へ持っていったそうだが、尾形が当の相手だかどうだか俺にはまだ分らないがね。尾形は夢中なんだからそんな疑いを持つ余裕なんかないんだ」

「あんたのような頭の好い人にも分らないの」

「さいいね、第一三太郎が皆目何も気がつかずにいるんだから面白いよ」

「馬鹿ね。あんたもう一本つけましょうか」

「うちの錦木さんは実があって……」

「もうたくさんよ。さあ」

「高尾も喜瀬川も貢もみんな寝たか、おおよちよち、さああっちへいっておねんね。高尾さんはパパの子だろう」南風は膝へ寝た女の子に頬ずりしながらそんなことをくどくど言っている。

93

震災に会ったものはいずれも最単位の生活を体験し簡単に住む家を建てる工夫を学んだ。三太郎もトランク一つのいつも旅のような生活から気の向いた時に勉強出来る画室を一つほしいと思った。それに山彦も中学へゆくような年になったので、親は親だ、やはり傍で相談相手になってやりたいと思いついて住むに好い家を欲しいと思いついた。

これも震災が作った一人の建築家を南風が紹介してくれた。「なあにあなたの小遣い銭で充分建ちますよ」という口に乗って歌川亭も普請奉行になってやるというので「私の近所に好い地所がありますよ、森の中でして」とその男の近所と限らないでゆっくり探せば好いものを、歌川亭も「こりゃ静かで好い」と賛成してすぐきめた。「家賃を払うより安い、すっかり四百坪借りましょう」設計もその男のプランで所々素人《しろうと》らしい註文を出した位で進行した。

出来上らないうちが楽しみなもので毎日普請場へ出かけた。緑の斜面を上ってゆくとエゴの花のこぼれた小径《こみち》に添うて低い自然木の門がありそこから苔《こけ》のむした石畳で白い築地《ついじ》には野薔薇《のばら》が匂っている。野木瓜《のぼけ》の潜門《くぐりもん》をぬけると石の階段が螺旋状《らせんじょう》について蔦《つた》のからんだ塔が見あげるように立っていなければならぬ。重い扉をあけると森《しん》とした夏でも寒いようなそこがホールだ等々と。三太郎の好みがまあそんな風だから、帝政時代のロシアの貴族にでもならない限り、三太郎の空想の家が出来るわけはなかった。結局荘重に思ったものは重苦しくなり、寂びたものは小汚くなり侘《わ》びて見えずに貧相になるのは余儀ないことだった。「土台石を入れない家なんてあるかしら」三太郎がそんなことを考えているうちに、その建築家は金を持って朝鮮へ逃げてしまった。「そんな男だとは知らなかった」と南風は笑った。

94

「素人だ、うわ水さえ出てりゃ井戸だと思っているよ」百姓井戸掘にまでなめられた三太郎は残った僅《わず》かな予算で二度目の大工を探さねばならなかった。

そんな騒ぎの、九月一日の朝のこと、三太郎が眼をさまして二階からおりるとお花がいない。朝のパンでも買いにいったんだろう位に思って、縁側へしゃがんで今年竹の品の好い幹を眺めて待ったが、どうも買物に暇がいるので台所へ出て顔を洗おうとすると、シャボンが見つからない、ペベコがない、そういえば鏡台がない、はてなと思って食卓を見ると紙片が茶碗の下においてある。

「パパすみません。お花はこのうちを出てゆきます。二度と帰らないでしょう。おちついたら駒込先生のお嬢さんに消息だけはお知らせしますから、しんぱいしないでください。それではさよなら、おげんきで」と書いてある。三太郎はいきなりフランスパンを一つ呑み込んだように咽喉《のど》がつまった。どういうつもりだったか三太郎は玄関から外へふらふらと出ようとする。南風の物干で音がしてガラス障子がぱんと閉った。三太郎が顔をあげるとガラス窓から眼が四つ三太郎の方を見ていた。三太郎は何がなし恥ずかしくなって急いで家へ入った、畳のうえに仰向けに身体を投げつけた。

「馬鹿、馬鹿、馬鹿！」自己嫌悪のために涙も出ない。

そこへ来客があった。これは珍しい画家のA氏で「震災の記念日だから街を見て歩こうと思って君を誘いにきた」のだった。

二人は出かけた。三太郎が外から玄関の錠をかけていると、物干から南風夫人が「お花さんはどこへかいらしたんですか」ときいた。三太郎は「そうでしょう」と答えた。

「古い葉が落ちて新しい芽が出る時が、恋も一番幸福な時だってね」A氏はお花のことを言ったのか、三太郎に言ったのか、どちらにしても三太郎は歩いているうちに気が晴れた。

95

三太郎とAは駒込先生を見舞い旁《かたがた》訪ねていった。お花出奔のこともちょっと話しておいた。向両国の辺はいたる所に線香の煙があがっていた。当日を記念するためにどこの料理屋も休んでいるので、帝国ホテルまできてやっと夕餉《ゆうげ》をすました。日比谷でA氏に別れた三太郎は日のくれがたに家へぼんやり帰ってきた。

「うちでも知らなかったんですよ」と南風夫人は驚いて見せた。歌川亭も「どうしてそんな出方をしたものだろう」と言うと、南風が「何か心当りはありませんかね、あなたに」と三太郎に念を押すように言って三人は三太郎の返事を待ったが「王子へ帰っているでしょう」というおめでたい返事に過ぎなかった。

「いずれにしても此際あなたの一番気の済むような処置を採ることをおすすめする。我々は何よりもあなたの芸術を尊重している。いかなる手段に出ようと助力を惜《おし》まない。で、どうするつもりか」と歌川亭はお花には敵意をさえ見せて言った。

「ぼくには全く分らない、貴方《あなた》がたの観察に待ちたい」と三太郎がそういうものを、歌川亭も中に入った以上まとめる工夫をする外《ほか》はないのだった。

夜おそくお花の兄がきた。「家へ来て病気していますからいずれ後日話をきめましょう」と報告だけをして帰った。

南風と夫人とはその翌日お花の許《もと》へ出かけていったが、兄の前でもあり、ただ表向きの話を一通りしたに過ぎなかった。

「とても堅い決心をしておられるようです。あなたが自分で時を見ておいでになって話されるより仕方がありますまい」と三太郎に報告して、南風はこの話から手を引いた。

それでもまだ三太郎には分らなかった。そこへ電報がきた。それは中国の方にいる彼の親友で重病で彼に逢いたがっているという知らせだった。三太郎はすぐ汽車にのって出かけた。

96

探偵小説の興味から言うと三太郎が旅へ立つ時、隣の南風に家を閉めた鍵を預けていったことに読者の好奇心を掛けることが出来る。また新聞の続物小説としては、お花が家を出ると尾形と打合せをして持てるだけの荷物を持って自動車で田舎道《いなかみち》をまっしぐらにだんだん小さくなって疾走する場面を書く筈《はず》だ。読者はすぐ血眼《ちまなこ》になってそれを追跡する三太郎を想像するだろう。この場合読者は逃げる者がつかまらず追うものに突発的な事象が起きてへまな地団駄を踏むことを願うだろう。ところがこの作者は全くそんなことに興味を持っていない。結局お花はまた三太郎の家へ、折角《せっかく》持出した季節料理の新聞の切抜きだの、女優のブロマイドだの、古い手紙の束だの、千蔭《ちかげ》の習字帳だの鏡台だのを持って帰って来た。その間のお花の行動を、作者はお花に訊くのだが、お花は「そればかりは訊かないで」と言って言わない。ただ三太郎が彼自信の眼で見た所謂《いわゆる》現行犯（この言葉は野蛮で時代後《おく》れだが仕方がない）だけは作者にも話してくれる。人間には多少とも探偵小説或《あるい》は新聞小説的の悲劇或は喜劇的の事件の興味を、実生活から或は隣の家族の中から見出《みいだ》すことを機会さえあれば喜ぶものだ。南風は尾形から逐一お花との交渉を事件の発生から終局まできいていた。しかしそれを三太郎にすこしでも打明けることは三太郎へ対する友情に背くことだと思った。

さて三太郎はともかくも郊外の新築の家へ其《そ》の年の暮に越していった。その頃尾形は田舎の方から三太郎に手紙を書いて生活の道を講じてくれるように、度々《たびたび》頼んで来ていた。引越しの日に尾形が突然やってきた。猫の手でも借りたいという日なので、尾形も手伝いに加わった。それから尾形は書生の形で三太郎の家に一緒に住むようになった。「尾形君あなたの方の仕事はもうないんですか、なんでも困っているらしいから」と南風に念を押すと「あなたの方で使って下さる方が好いでしょう」という返事だった。

97

新しい家が建ち上った頃には、三太郎の家に対する興味はすっかり失われていた。それは鍵形のずんべらとした建物で、バラック以上の代物ではなかったが、お花の部屋になる四畳半の窓に紅梅を植えたり、お花の習字のお稽古をする朱塗の経机をその窓の下へ据えて見たりするのだった。

「さあこれで、みんな自分自分の部屋で勉強するんだよ」食卓へみんな顔がそろった時三太郎はこう言って見せた。お花と山彦に、家が出来たときいて突然、国の方から出てきた長男の耕助と、その隣には尾形も大きな身体をちぢこませて坐っていた。

すぐに正月だった。三太郎は画室の壁へ輪飾《わかざり》をかけたりしながら、いつもの「さあこれからだ」を言っていた。歌川亭が新しい家を祝いに来た。そして「尾形はやっぱりお宅に居ますか」と訊ねた。三太郎は「何かと用があるものだから、しばらく置くつもりです」と答えたが、その後も歌川亭は逢う毎《ごと》に尾形のことを訊ねた。三太郎はまだお花と尾形とのことをすこしも感づいていなかったから、歌川亭がそんなに尾形の動静を気にする意味も、むろん気づかなかった。

お花は松の内だけ床をあげたきりで、ずっと寝ていた。三太郎が街の方から買物の包《つつみ》をさげて帰ってくると、お花の枕もとへ坐っていた尾形が、のっそり立って二階の子供部屋へ上っていった。「これは粥《かゆ》を煮る鍋だよ、ほら二重になっているだろう」三太郎は一つ一つ買物の包を解いては見せてやるのが好きだった。

しかしお花はこの頃、そんなものに一向興味がない風だった。雨にぬれながら嬉しそうに紅梅の枝ぶりを眺めては植えかえている三太郎の気が知れなかったし、てんで無関心だった。「女というものは花が咲かないと桜の木だと思っても見ないものかしら」三太郎は泥のついた手を洗いながら寂しかった。

98

建物の方は失敗だったが、家のまわりの立木をうまく生かして自然の趣《おもむ》きをそのまま庭に造りあげようと、三太郎は毎日跣足《はだし》でシャベルをかついでは家のまわりを歩いていた。一度手に泥をつけるともう絵を描く仕事は出来なかった。註文の仕事も順送りに後れてきた。三太郎は家の者にまで遠慮勝ちに、そっと庭へ下りた。それほど土をいじることは、何かしら幸福だった。近所の百姓の植込をのぞいては、つまらない植木など買って来た。

「ちょっと見て御覧、柳だ。鬼門の方角へ植えると難を受け流すと言って、魔除《まよけ》になるとさ」四畳半へ寝ているお花にそう言って声をかけた。

「南天は難を転じる」

「紅梅は」

「馬鹿」

暫《しばら》く田舎の方の親戚へやってくれと言って行って居た尾形が、或日ぶらりと帰ってきた。

「やあ、坊主になったよ」山彦がはやしたのを見ると、尾形はとうがんのようにつるりと髪を剃っていた。

「どうしたんだろう、ほんとに坊主になったよ」三太郎が笑いながらいうと

「田舎の許嫁《いいなずけ》と添えないとか言って悲観してたから、出家でもするつもりでしょ」お花はまじめにそう言った。

「まさか」三太郎は、その時まで何もかも知らずにいたが「まさか」ではなかった。紅梅が咲き出したのにお花は一向窓さえ開けて見ようとはしなかった。かかりつけの代々木博士は慰みに書く小説の腹案を三つほど話した後で「なあに気の病ですよ」と言っていたが絶えず熱がひいたりさしたりした。

或夜、耕助は夜学校へ、山彦はどこか友達の許へ遊びにでも行っていたらしい。子供部屋でどしんと大きな音がした。人間の倒れた音らしい。お花はさっと恐怖の表情をかくさずに三太郎の方を見た。

99

三太郎が子供部屋へいって見ると寝台の下に俯伏《うつぶ》せになって潰れたとうがんのように口から液体をだらだらこぼしている。机の上に白い薬の残りと、コップが倒れて水が机にも床にも流れて、気味の悪い臭気が漂うている。お花の母親とお花がつづいて入ってきた。三太郎は兎に角、女中に医者を呼びにやった。

「何たらことをしてくれたすか、これは」母親はただおろおろと叫んだ。お花は眼を見張って黙って蒼ざめた男の顔を見つめていた。

「カルモチンらしいですな、飲んだのは」

医者はそう言って辛うじて口から水薬を入れたがすぐ吐戻した。三太郎はきいた。

「カルモチンでも死ぬようなことがありますか」

「量によっては死にます」医者の答えだった。で病院へ入れることにした。材木のような身体をやっとこさ自動車に積んで、代々木博士の病院へ運んだ。待ち遠い夜は明けて、やっと博士はやって来た。人体はポンプ仕掛になったかと見る間に息を吹返した。彼の父親は急いで事件の顚末を訊こうとしたが、博士はさえぎって

「警察の方はこちらでうまくやるが、あなたの方で新聞を警戒しないといけませんよ」三太郎に耳うちした。三太郎は初めて彼が得体の知れない事件の中に置かれたことを気づいた。

「何か書いたものが、ポケットにでもありはしないか」博士はさすが小説家らしい注意を促した。果してズボンのかくしに一通の手紙があった、西東南風宛だ。この手紙こそあらゆる秘密を語るものだった。父親はすぐに封を開けようとした。

「そりゃいけません、宛名があります」

「へい」父親は三太郎の言葉が呑込めないようだったが手を引っこめた。

そこへ三太郎の家から、お花が卒倒したと知らせてきた。とりあえず代々木博士の来診を頼んでおいて、三太郎は急いで帰った。三太郎の顔を見るとお花の母親は手を合して

「どうぞ、どうぞ、今は何も言わずに、お花は死ぬかもしれない」と言った。

100

三太郎は始めて、すべてを了解した。三太郎はお花の枕頭へ坐ってじっとお花の寝顔を見つめた。氷嚢《ひょうのう》の紐がぴくぴくと僅かにゆれている。母親は三太郎の様子を息をつめて見つめているのだったが、三太郎が石のように黙っているので、母親はたまりかねて口をきった。

「お花が悪い」そう前置きをして、それにしても九月にお花が王子へ帰ってきた時も、あの男が訪ねてきた時も、あの男の態度を好まなかったが、お花もこの間旅から帰った時、鏡台の前であの男に「何故《なぜ》さっさと出てゆかないか」と云ってじれていた時、これはむずかしいと、実は内心で心配して私は家へも帰らずにいたわけだが、なんとも申訳がないと云った。

前に書かなかったが、お花は家を移ってから痔が悪くなって一月《ひとつき》あまり金沢の方へ湯治に行っていた。お花はその時死ぬつもりだったと後で話した。「女の死ぬ死ぬはあてにならない」と云うが、しかし死ぬつもりの境はほんの垣一重で健康な者の心持では想像もつかないほど容易に人間は自殺するものだ。だからちょっとした気候の影響ででも死んだかもしれなかったのだが、お花は死なずにまた帰ってきた。そしてお花の代りに尾形が自殺を謀《はか》った。

お花は熱にうかされてうるんだ眼をぱっとあけて、枕もとに坐っている三太郎と母親の顔を見た。「すみません」お花は眼をおとしてそう言った。「パパ、あたしはパパのいう通りに死ねとおっしゃればいまでも死にますから、パパそう言って、ね」

「あいつは死にはしなかったよ」三太郎は尾形のことをそう知らせてやった。

「見せつけたんだわ、あたしほんとにパパにすまない、パパの手で殺してよ」

「なんて因果な子だ」母親はそう言って声をあげて泣いた。

三太郎はそういう言葉に引きずられながらも何とも言うことはなかった。

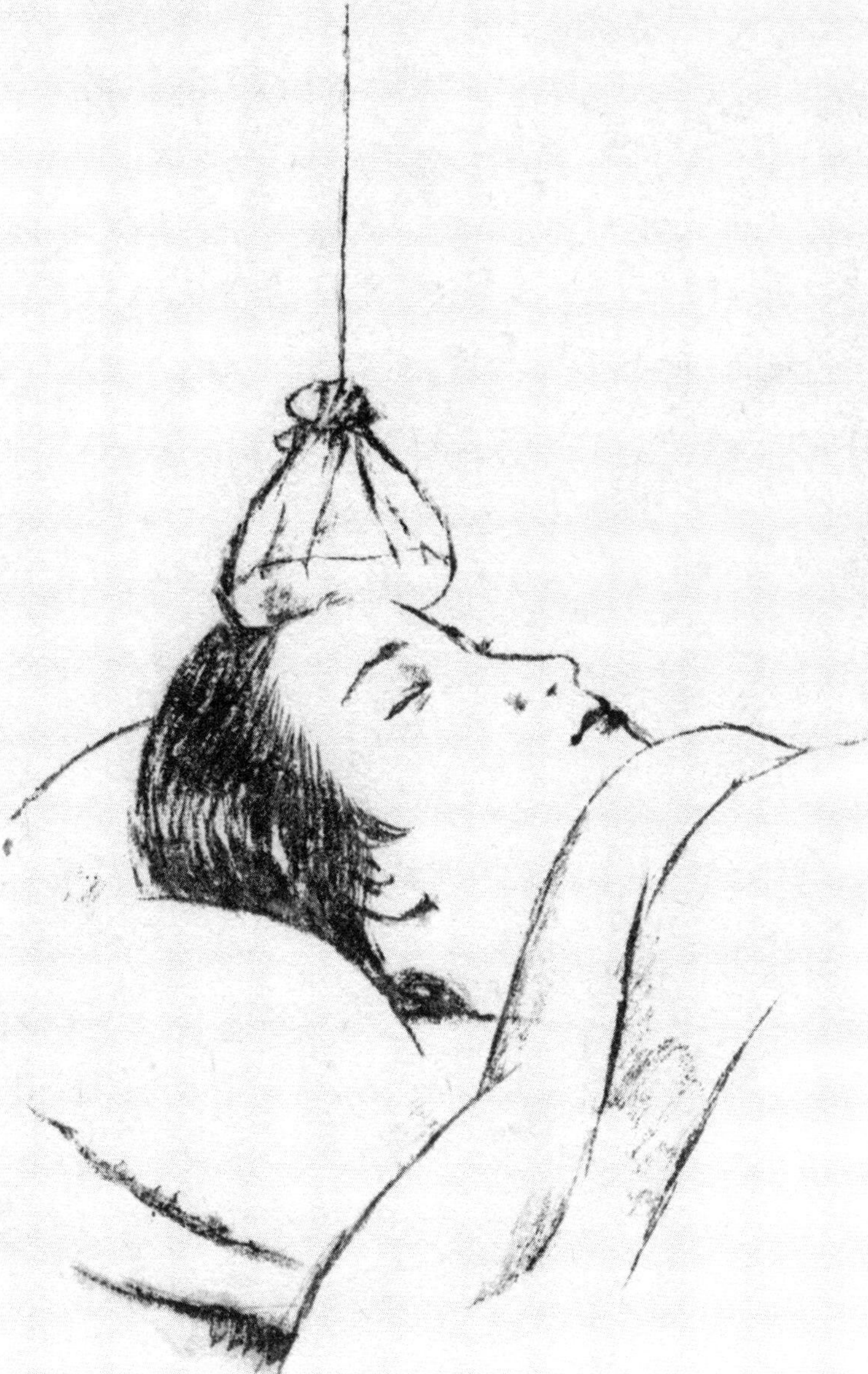

101

「息子がとんだことを致しまして、なんともへい」と彼の父親はやってきて言った。三太郎は裏切られた男として会いたくはなかったが、今一度会って言いおくべき必要もあった。移転の時知人へ通知を出すため三太郎は尾形に書類の整理を任せた。柳行李《やなぎごうり》が十個ばかり、そこにはクロッキイだの手紙だの切抜きだの小切だの写真だの手帳だの雑然とつめてあった。その時製作のためにうつしたお花の裸体の写真のスタディが十数葉と外に性のことを書いた本が五六冊失われてしまった。

「西東さんとかの宅に包があずけてあるそうで、それをとってきてくれと息子が言いますので」という父親の言葉に、三太郎はその包に違いないと思って、父親にその事を話した。

「へいこれから西東さんの所へお伺いしてもし包の中にありましたら先生の方へお返しに上ります」

三太郎は尾形の持物を子供にまとめさせて父親へ渡した。

「これがみんなです。持っていって下さい」

「先生のお宅にあれがいられなくなるのは誠に残念です、あれは私どもの商売には向きませんし、これから先どうしたものかと実は先生にお願いして見ようと思っているのですがいかがでしょう、何か向け口はありますまいかなあ」という。

「あなたはぼくをからかっているんですか、ぼくがそれにどう答えるか、分りきっているじゃありませんか」

「いや、全くもって、私はその、震災後商売の方もどうもうまくゆきませんので、それにあれも可哀そうでして……」三太郎は笑い出した。

「さよなら」三太郎はそう言って応接間を引きあげて、お花の寝ている部屋へ帰った。

102

「親爺《おやじ》がきてるよ」三太郎はお花に、もし会う必要があったら、会ったが好いという意をこめて、そう言った。

「あたし会います、パパも居てね」そう言って起き上った。四十度近い熱があるのだが、気が向けば明日はけろりとして旅へ出かけるようなこの病人のことだから構わずほっておいた。

お花は帯をしめて、挑戦するような態度で応接間に入っていった。「あなたとうちの先生との前で私ははっきり言いたい。私は後悔しています。あの人は死ぬつもりだったかどうだか私は知らないが、ああいうことをしたことで、あの人も自分に一旦終りをつけたのです。この先、生きていても、もう私との交渉は終りを告げたものとおもうし、私にしても、もうこのことであの人と交渉を持ちたくありません。それをはっきりあの人に言って下さい。私は後悔しています」

「奥様はどうなさるおつもりでしょうか」

「それはあなたに申しあげる必要はありません。私は私だけの責任をつくします、どんなことをしましょうとも私一人のことです。つまり私の罪は私ひとりで負うつもりですから」

お花は熱に浮かされたような調子でそれだけ言って終《しま》うとソファの上にばったり倒れた。

それから三日ほどの間というものは、熱にうかされて休みなく、囈言《うわごと》を言った。パパパパ往《い》っちゃいや。あたしね、この百合をあなたにあげますわ。静かね。山鶯が鳴いているわ。お月さまが山を越してきたわ。さ往きましょう。あんたの唇は赤いのね。若いからだわ。くやしいねえ。あたしは死んだ方がいいのね。薄々と、そんなことを実にはっきりと言い続けた。

代々木博士が病院からきて、尾形は退院したことを告げた。しかし彼の父親からも西東南風からも、例の包のことは何とも言って来なかった。

103

お花は三太郎の宣告を待った。

三太郎は何よりもまずお花の心を知らねばならなかった。だが一人の人間が他の人間の心を知ることが出来るだろうか。人間が心を伝えるに、言葉というものがある。行為がある。だが同じ言葉でもこの人に言った場合と、あの人に言う場合と随分意味が違うことがある。だがある一人の行為が自分の意志だけで行われたものと考えることは出来ない。またある人間の行為を他の人間が残らず見通すことは出来ない。現れた行為だけが見ることの出来る行為だとすると、その人を知るために行為は証拠不十分と言わねばならない。

お花は後悔していますという。だが何を後悔しているのか、誰に後悔しているのか、三太郎は知らない。後悔の細目はお花自身にも分らないとして、さて、後悔するということが、どんなことか考えて見る。後悔はしたことの善い悪いの批判ではない。後悔は誰かに与えた損害の賠償にもならない。要するに自分自身が自分自身の行為に対する感嘆詞に外ならない。

人間は幾度でも後悔するものだ。何故なら、人間は弱いものだ、幾度でも過ちをくりかえすものだから、その度に後悔せねばならないのだ。お花はそういう人間だった。

お花が「後悔しています」という言葉だけで半期の帳尻を棒引にして、それで決算をかたづけることは三太郎には出来ない。

三太郎は何よりもお花を知りたかった。女というものを知りたかった。それが三太郎にとってどんなに傷ましいものであろうとも、真実を知りたかった。

三太郎のそういう欲求のなかには、砂のようなうその中から僅《わずか》でもほんとうの心を見つけたい、哀れな希望がかかっていた。

三太郎はお花にそのことを願った。

104

三太郎は深い霧の中に立っているような気がした。何もかも遠く、何もかも美しく見える。夕ぐれのような不安が重く心にのしかかってじっと堪えていられなかった。愛と憎悪をば、今は影と光ではない、ぼんやりとした一つあいこに溶合ったものだった。

三太郎はもう若いと言える年ではなかったが、それとて老人でもなかった。彼はすべての美しいものを好んだ。美しい女はやはり美しい心を持っていた。彼は絶えず美しい心を探していた。今更《いまさら》「美しい薔薇《ばら》にはトゲがある」などと、童話読本の見出しのようなことを考えついても何になろう。だが世の中の女の心を知るためには、いつまで生きても生き足りないだろう。

三太郎は自分に対する汚辱と惑いと、彼女に対する憎悪のためにじっとしていることが出来なかった。

三太郎が画室から荒々しくお花のいる四畳半の方へ歩いてくると、窓にもたれて外を見ていたお花は慌てて三太郎を見あげた。その眼の中には許しを乞う哀願と恐怖の表情が火のように三太郎を射た。

「お前はおれを怖れているな」

「いいえ、怖れてなんかいませんわ」お花はすぐに落着きをとりかえして、自分の側へ三太郎も坐るように座蒲団を押しやった。

「そうだ、怖れてなんかないね、おれがお前を殺せる人間でないことも、綺麗に捨てることも出来ない人間なことも、みんなお前は知っているんだ」三太郎はこんなに哀れで卑屈な自分を見たことがなかった。

「それを言わないで、言わないでね、あたしは自分が怖しいの、あたしという人間がすることが怖しいの。あたしは自分で死ぬことも出来ないくせに、生きてゆくことも出来ない人間だった」

105

　自分が心を傾けているものに溺れている所を他人に見られることは愉快なものではない。三太郎は見るにも足りない雑木の庭をいじっている時でさえ、人に見られるのがどうかすると恥ずかしかった。「恋する男のために友達はない」三太郎は身を噛むような苦悩にさいなまれながら、世界中で最も惨めなおめでたい人間であった。それに庭の雑木よりも、育ちのよくない女のために悩んでいるのだった。

　世間の人間がみんな知ってしまった一番最後に、裏切られた当人が、裏切られたことを知るということは何という皮肉だろう。

「当人が御存じないのだから、どうもこればかりは忠告するわけにもゆかない」友人はそう言って笑い話にして了《しま》った。たとえばびっこだ。びっこは一本の足が長くて、一本の足が短いのだ、と言って笑うだろう。だが、当人の身になって見るとなかなかそんな洒落《しやれ》どころではない、まさに一本の足が短いのだ。びっこにはびっこの悲しみがあり、三太郎には三太郎の悲しみがある。

　三太郎は今はじめて見るような心持で、お花の顔をつくづくと見つめた。それは昨日のままのお花のようでもあり、所謂うそでかためたしたたかなもののようにもある。いずれにしても今はもう、これまでのように一つ家にこれまでの関係で住むことは出来ない。三太郎はそう思った。ではお花を追出さないとすれば、どんな関係でおけば好いのか。まだお花がほんの小娘の時分に、三太郎が自分の宿へつれてきたあの頃の心持でだけお花を許してやることが出来る。つまり友達になることだ。或はお花が呼び習わした言葉通りパパになることだ。

106

三太郎は腰をすえて最後までじっと悲しみに堪えてゆくことが出来ない人間だ。他の何か——たとえば怒りとか憐みとか、そういう感情ですぐ悲しみをまぎらそうとする。三太郎は自分に与えられた汚辱に怒ることにもいつか疲れてきた。そうして寄りどころのない孤独が水のように押しよせてきた。捨てられたり忘れられたりしている孤独はなお堪えられるが笑われていることは堪まらない。

三太郎は絵の方の仕事の上でも、生活の上でもまるで無籍者のように扱われてきた。だから彼には社会的の地位もなければ、安住する生活もなかった。好んでそういう孤立の道を辿《たど》ってきた彼は、世間万人の人間に憎まれようと今更驚きもしないが、十三人の隣人に笑われることはとても我慢出来ないことだった。

「笑われ者になったのが口惜《くや》しい」三太郎はお花の前にも拘《かかわ》らず、涙が流れるにまかせた。

「あたしやっぱり生きて行きましょう、たとえ一年でも半年でもパパの傍へおいて下さいね。そうしたからと言って、あたしが死ねなかったからとも、帰るところのない女だからだとも、パパだけは思わないでしょ」そう言ってお花は、まるで世馴《よな》れた母親が旅から帰った息子を労《いたわ》るように、三太郎の乱れた頭の毛を櫛かいてやりながら言った。

「それはそうと、明日は彦ちゃんのお誕生日ですわ。あたしもう少しで忘れるところだった」

明けて五月一日の朝は、みんな早く起き出した。三太郎が眼をさますと枕もとには数通の手紙と、床柱には切りたて連翹《れんぎょう》の花がさしてあった。窓から流れてくる空気までが新しいように思って、三太郎はもうすっかり幸福な気持で床から踊り出した。

107

「あらお目ざめ」お花は台所の方からエプロンで濡れた手を拭きながら出てきて、洗面場の三太郎に声をかけた。「魚屋に頭つきが何もなかったものですから街までいってきましたの、ほらこんな立派な鯛よ」素晴しい反りを尾鰭《おびれ》に打たせた桜色の美しい魚は、白い塩をこぼして横たわっていた。

「ほう、なるほどこれはおめでたそうだ。やっぱり鯛にはどこか威厳があるね」三太郎は今更感心して鉢をのぞいた。

「みんな来てごらん、新しい電車が走るよ」露台の方で山彦の呼ぶ声がする。この村へ玉川電車が延長して今日はその開通式の日だった。お花も露台へ出て三太郎の傍へ立って珍しいものを見るように次の電車が通るのを待った。やがて、庭の立木の間から丘の下の青麦の中を、盛装した電車が晴がましくゆっくりと走ってきた。

「万歳」何がなし三太郎も子供達に声を合せて、そう叫びたい気持だった。

電報で招待した山彦の友達の中学生や大学生が三人五人と集ってきた。お花は三太郎の後へきて「これではすこし御馳走《ごちそう》が足りないようよ、あたし何か買出しにいってくるわ」と言った。「それじゃあの電車にのって百軒店の菊屋へでもいってきようか」そこで四五人ぞろぞろと出かけることにした。チャブ屋のカアテンのような洋服をきた娘が三太郎に挨拶した。渋谷にいた頃すぐ隣の細君の妹で蒲田へ通っている娘だった。

「あら、そうざんすの、あなたの誕生日ならあたしもお祝いにあがりたいわ。ねえ先生好いでしょ」娘はそう言った。

三太郎はいつかこの娘が「お花さんが書生と逃げた」ことを蒲田の食堂で話したと、やはり蒲田へいっているある娘にきいていたので、折角晴々した心持でいた三太郎の安価な幸福感は忽《たちま》ち曇らされてしまった。

「おいお花、おれはこの小娘にさえ笑われているんだよ」とお花に言ってやりたかった。

108

三太郎は太陽を待った。五月は薔薇を植えるに好い季節だった。北風にすがれた薔薇を日当りに植換えてやったり、茶の木の垣を刈込んだりする仕事で、心持を紛らそうと努めた。三太郎は夜がくるのが怖しかった。夜は人間を原始時代へ帰した。夜は盲目の情熱を男に与え、女には本能的に自分の子の父を求めさせた。それは屢々《しばしば》愛情と混同されやすい、不思議な情慾であった。

お花はしかし愛慾を押えることで自分を浄化しようとしたが、それが却《かえ》って三太郎の情慾をあおり疑いを深くした。三太郎のこの心持が強くなればなるほど、反発する力は盛《さかん》になっていった。土で荒された三太郎の手は、お花の滑らかな細い首をぐっと締めつけた。投げ出された彼女の肉体はまるで骨がなくなったように柔《やわら》かでべっとりとしている。眼はうっとりとおとなしくエロティックな惨忍を楽しんでいる様だった。人間が人間を殺す境は今一歩だと三太郎は感じながら愚《おろか》な自分を顧みた。

お花が生れ変ったように貞淑な妻になろうとした健気《けなげ》な決心は、ちょっとの間彼女を慰めはしたが、だんだん自信を失っていった。事実人間は全く生れ変ることも、過ぎ去った時を忘れて終うことも出来なかった。これは三太郎にとっても辛いことだった。寛大な愛に満ちた良人《おっと》になるために、抑圧した不自然な感情は、やがて勇気も精力も生活意識も失わせてしまった。そして夜の床に汚らわしい弛緩と自己嫌悪の苛責《かしゃく》に、三太郎は自殺しかねない自分を見出した。

一体彼女は、愛を二つに分けて与えたのだろうか、それとも一つしかない愛を誰かに与えて、また取返したのだろうか、女は男と違って愛を分けて与えることは出来ない、いつも一つの愛を持廻《もちまわ》っているのだ。この科学的の発見は、また忍ぶことの出来ない物だった。

109

　お花は女中に暇を出して自分で何から何まで働いた。戸棚の隅から三太郎が愛蔵の小皿まで一枚宛《ずつ》取出して拭いたり、子供の破れた靴下まで神経質に洗濯したり雑巾をかけたことのない画室の床まで木目が浮いてきた。庭もマッチの棒一本落しても気がおけるほど綺麗になった。思い出して三太郎が不愉快になりそうな家具調度品は一つ残らず屑屋に払ってしまった。

「手巾《ハンカチ》をこんなに屑籠《くずかご》に捨てちゃ駄目よ。さ汚れたものはみんな出して頂戴《ちょうだい》」子供達はポンプ井戸の水を揚げてやったりしたが、お花はとうとう倒れた。彼女は「病気の問屋」だった。

「そんな温泉がきくかどうか断言出来ないが、お花さんの病気は気で治るんだからいってらっしゃい」代々木博士はそう言って、お花がゆきたいという温泉へゆくことをとにかく賛成した。温泉は金沢の近くで、そこで病気して長く滞在したことのある山彦が、一緒にいって見たいと言うのでお花も「寂しくなくて好いから」連れてゆくことになった。

　三太郎もお花を旅へやって自分を試みようと考えた。身を砕いて新しい住みよい生活を築こうとしているお花を容《い》れて、とにかく生活をつづけてゆくことが出来るかどうか、三太郎は自分の力の足りないことを感じた。ともかくもお花を旅にやって、自分も静かに考えようと思った。

　お花が旅へゆくことにきまった日の翌日だった。女の来客があった。それは三太郎がその作者から装幀を頼まれて画《え》がいてやったことのある『流るるままに』という自叙伝小説の作者今田甚子だった。甚子は大正のノラとか、良人を裏切った文学夫人とかいうように呼ばれて、最近の婦人雑誌や新聞を賑わしていた。そういう女は世間にざらにあるのであろうが、ただはしなくも彼女が小説をかくということと、偶々《たまたま》そのことが活字になったということで、とくに今田甚子の名は新聞の三面的興味があった。

110

折も折、その配達したある婦人雑誌に「家出したノラの行方」と言った題で、記者が今田甚子を秋田の田舎町本荘へ訪ねていった記事と、口絵に写真が出ていた。朝の食卓では自然ノラのことが話題になった。

「この写真、随分愛嬌のある人ね」

「なるほどこりゃ、舞台から大向のお客のアンコオルに答えてキッスを贈ると言った身構えだね。そりゃそうと秋田本荘というと象潟《きさかた》の辺でしたね」三太郎はお花の母親にたずねた。

「ほや、本荘はおれの生れた町でないすか」

いつか三太郎がお花と秋田の方へ旅行した時、秋田市から海岸伝いに象潟へ出ようとしたが鉄道のない頃で、足弱をつれた夏の旅ではあり思いとまったが、三太郎はもの寂びた裏日本の海辺で昔栄えた港々に強い愛着を持っていた。船川、土崎、酒田、新潟、七尾、金谷、三国等々の港は既にいって見たが、本荘も、ことに象潟は芭蕉の奥の細道で「波の上越す桜かな」の句でなつかしい所だった。母親は三太郎の質問につれこまれて、まだ若かった娘時代を追憶するように、自分の生れた士族町の様子や船着場のあたりの景色を話してきかせた。

「それじゃこの女の家は、遊廓の中かな、この記事によると見染川畔とあるよ」

「ほう、こりゃお重さんの娘でないすか」

眼を細めて写真を見ていた母親は大きな声でそう言ったのでみんな笑ったが、昔の人は昔をなつかしそうに、今田甚子の母親は子供時代の友達で、今田甚子の縁遠の家へ彼女の従弟《いとこ》が養子にいっていることなども話した。

「へえ、それじゃあまんざら他人でもないじゃないですか」

「ほいね」

「ほじっていると穴がある」

そんな話をした朝餉のあとへ、当の今田甚子がきたわけだった。母親は昔馴染《むかしなじみ》のお重さんの有名な娘を見たがった。

土崎港
1919
写

111

今田甚子は赤っぽい大柄のセルを着て、雑誌に出てくる写真のように、取次に出たお花に笑いかけた。お花は甚子を座敷へ招じておいて食堂へ帰ってきて報告した。

「三越製の奥さん」

甚子は遠慮勝ちに入口のところへお行儀よく坐って「どうぞ敷いて下さい」と三太郎が言ってもなかなか座蒲団も敷かなかったが、はじめから人の懐をねらっていつでも飛び込みますよと言ったように、無邪気にむしろ臆面もなく、指環《ゆびわ》を二つに切ってはめたような眼で、三太郎をしげしげと見ていた。三太郎も初対面の人を見る時のいつもの癖で顔や形に職業的の観察をしていた。

「あんなものに先生の装幀を戴《いただ》いてほんとに勿体《もったい》ないと思いますわ」

とりとめもなくほどけてゆきそうな口元にも似ず、世馴れた口の利き方をした。

「いや、なかなか大変なものですよ」三太郎は実は徳永氏の序文を読んだきりで本文は読んでいなかった。

「まあ」そう言って彼女の細めて垂れた眼は、どこまでも人を信じる——と言うより自分は誰にでも好意をもたれていることを疑って見たことのないような嬉しそうな眼だった。

「私にはまだ書き足りないふしが沢山《たくさん》あるのですけれど、いま中篇をものしていますの」

「ははあ、随分ものするんですね」時間をカットして自然の断面を描く仕事に馴れた三太郎には由来長篇小説は禁物だった。なかなか気を負っているが、この女には何を言っても何をしてもそう失礼でないと言う印象をうけた。「『流るるままに』って題はいかに無節操で無反省じゃないですか、流れることが作者の趣味なら『流れ流れて』とでもすればまだいくらか自分を見ている感じがあるが」と三太郎はずけずけ言いかけたが、いつもの癖で、言わでものことだと思って「いや、やっぱり『流るるままに』は好いな」と言って話題をかえた。

写生

112

「写真で見たよりも顔は細《ほ》っそりしていますね、膝なんか肉附が好いが」三太郎がそう言うと、甚子は自分の姿の好いところを示すつもりで居住いをなおしながら
「そうでしょうか、これでほんとは痩せっぽちなんですわ。先生は細っそりとした人がお好きでございますね」

「どうしてです。若いロマンチックな時代にはかくありたいとおもう理想の女性を描くものですが、だんだんとやはり神様の造った自然のままの乳房の丸い骨盤の豊かな女を実用的に好くようになるものですね、女が母になりたい要求をいつも持っていることも此頃学説としてでなく実感してきましたよ」

　三太郎は、既に女になった女は性的行為には盲目的に勇敢なくせに、こういう性の話を正直に話されることを——学術的にさえも——好まないものだ。女はまた実感なくして科学的に話すことも出来ないものだ。というのはこの時三太郎の話を眼をうるませて聞いていた甚子が、甚子の下腹部がごとんごとんと出発する機関車のように鳴りだしたことだった。三太郎は偶然、ある科学の本でよんだことのある一項を実験したわけだ。

　甚子は感動のために顔面筋肉を崩して泣くように見える表情をした。これは甚子が一番幸福だと称する時の表情だということを後に知ったが、その時は三太郎も気の毒な気がして、機関車出発の音は聞えなかったような顔をした。

「いつ東京へ出ていらしたんです」と要もないことを尋ねた。

「私、昨夜おそくつきましたの、そしてまだ誰にも会わずにまっすぐ先生のとこへお伺いしたのですわ」活動で見る西洋の女は唇へあらゆる感情も感覚もこめて差出すが、この女は鼻の先へ全感覚をあつめた。子供が甘えて顔をしかめるああいう表情だと書いても、実際この女のこういう場合を知らないものには想像が出来ない特殊の表情だ。

馬場山

113

三太郎は本の装幀を頼みにきた時、本屋の主人の話の中で「変な女ですよ」と甚子のことを言ったのを思い出した。一緒にきた若い詩人もそれに反対せずに笑っていた。変な女ですよと言った意味は、三越製の服装のことを言ったのか、機関車出発のことなどこの男が既に知っていたのか、そのことは三太郎に後では解ったが、その時は一般的な変な女だと意味をとっておいた。

三太郎は初対面の人にはかなり気むずかしい感じを与えるほど無口で無愛想だった、ことに女の人に対しては謂《い》われのない警戒をする方だったが、甚子に対しては初めから何か観察する材料を提供されたような心持で、気易《きやす》くずけずけと、あんな話までしてしまった。三太郎はこの間じゅうあんまり息苦しい事件に没頭していたためか、急に大きな声で歌でも歌うか、ラケットでも振りまわすか、なんしろ晴々と大空の下を好きな馬にでも乗って飛んで見たいような日だったせいか、甚子に対してすこし遊ぶ心持で対したことは争われない。それには本屋の主人が言った「変な女ですよ」が先入主となって、和製のノラを見て見ようという気があったことも争われない。

甚子は一時間ほど話して辞していった。お花の母親は、どうもお重さんに肖《に》ていないがあの娘の従妹《いとこ》にあたる亀田の嫁はとても美しい女だという話や、甚子の家族達の話、先祖の話などそれからそれへと、この一家族の二三代の歴史はまるで小説のようだと思って三太郎はきいていた。

「パパあたしは今日たちましょうか」お花は湯から上って来、鏡台の前へ坐って、三太郎にたずねた。

「早くゆこうよ」山彦がそばから口を添えた。

「元気だったら立つがいいよ、なんしろすこし汽車が長いからね」三太郎はどっちつかずの返事をした。

114

お花はその夜山彦と一緒に温泉へ向けて立っていった。上野駅を出た三太郎は久しぶりに上野の山の方を歩いて見た。初夏らしく白っぽい着物をきた男や女が、ゆっくりした足どりで満足したように歩いている。極《ごく》単純な言葉で或は身振一つで、互《たがい》の心持が通じ合うような二人連もあった。池へ向ったベンチへ深く腰かけて黙って水を見ている一対もあった。三太郎は何か危い遊びをしている子供を見るような気持で眺めた。

「世の中に幸福というものはあり得ない、ただ現在の事実があるばかりだ」

灯火や星影をうつした不忍《しのばず》の水は、闇の中に無限の広さをたたえていた。三太郎はたった一人茫漠とした自然の中におかれたような気がした。

家には薄馬鹿の長男耕助とお花の母親が待っていた。三太郎は家へ帰ってゆく気がしなかった。田舎から出てくる文学少女のようにこのままどこか遠くの方へ行ってしまいたい気がした。何故ともなくお花も山彦も再び帰って来ないような気がした、それで好いのだ。

三太郎は、弱く醜い自分の肉体を不忍の泥の中へぶちこんでしまいたい、そういう形容を思いつくほど、自己嫌悪のために誰にもこのまま逢いたくないと思った。

しかし郊外の最後の電車にやっと間に合うように三太郎は家へ帰った。三太郎は気がぬけたゴム鞠《まり》のようになって、ひっそりとした家に眼をさました。三太郎は朝の茶をのみながら、母親の顔をじっと見つめていたが、「あなたの年頃まで生きのびる人は何と言ってもやはりえらいですね」と言ったが、母親にはその心持は分らなかった。

その朝、頼んでおいた金がきたので、三太郎は街まで電報為替をうちに出かけた。どうしたわけか帰りの電車はこんでいた。三太郎は車のまん中に腰かけて、おそらくぽかんとしていたのだろう。三つ目の停留場あたりへきた時、赤い風のように電車にのりこんだ女性があった。全く赤い風のように、昇降口からふうっと入って、いつの間にか三太郎の前の釣革へ下っていた。

115

その女はがっしりした体軀にも拘らず曲線ばかりで描いたデッサンのような或は糸で縛った焼豚のような感じを持っていた。緋無地《ひむじ》のメリンスの着物に同じ色のカシミヤの袴《はかま》をだらんとつけて断髪にした頭の毛も頬も唇も真紅だった。三太郎はこの女に見込まれたと思った。そして訳の分らない圧迫を受けるのが不快でたまらないが、さて遁《のが》れるすべがないと思われた。彼は心が労《つか》れているというのか、踏みとまって受け答える力が一たまりもなかった。

赤い女は赤い口をあけて一口に三太郎を喰って了うような身構えで三太郎を見下した。袴の紐にこれも赤い錦の布で包んだお守りらしいものが下っている。「悪魔の神のお使《つかい》かな」三太郎はいよいよ不気味になった。

白昼しかも満員の電車の中でありながら、人里離れた森林の中に赤い女と二人きりいるような心持がした。冷たい風がめろめろと襟を吹いた。

するとどっかの停留所で三太郎の左の席が一つ空いた。赤い女はひらりと、三太郎の方へ斜に膝をすりつけて腰かけた。三太郎は丹田に力を入れようとしても、どうしたものかたじたじと受身の引く息ばかりが出た。

「あなたは三太郎でしょう」といきなり訊いた。三太郎と呼ばれて三太郎ははじめて我に帰った。人中でぶしつけに自分の名を呼捨てにする女を憤る気持が辛うじて三太郎を力づける役に立った。

「あなたは一体誰です」三太郎は聞き返した。三太郎はこれまで屢々旅先や東京の市中でそんな質問をうけて、いやな奴だと思っても「人違いでしょう」と白っぱくれることの出来ない人間で、住所を聞かれると御丁寧に地図まで画いてやる人間だった。そのくせ大勢の未知の人に三太郎として顔を見られるのが嫌だった。殊《こと》にこの時は、こんな女におめおめと名をあかすのは忌々しかった。

赤い女は自分の名を名乗った。そして「あなたが三太郎さんだということはちゃんと知っていますす」と言った。

116

「私はあなたの弟子になって絵を習いたいのです」と赤い女は言うのだ。三太郎は
「ぼくは弟子を持たない」

「どうしてです」

「うるさいからです」

「でもあなたの芸術を慕っているものを育てるのはあなたの義務でしょう」

「ぼくの仕事を見ていてくれる人のためにぼくの仕事を磨くことは怡《たの》しいが、邪魔されることを忍ぼうとは思いませんよ」三太郎はまた言わでものことを言ったことに気がついていっそ、この辺で電車を降りようかと思ったが、女から逃げるのも忌々しいので坐っていた。

「独りで勉強するにはどうしたら好いでしょうか」赤い女は執拗に訊ねる。

「ぼくは人を教える自信を持っていません。それにぼく今そんな話をする気持でないのです」言葉の調子に、もうあなたと話すのはいやだという気配を示して言った。女は次の停留場でちょっと降りる身構えを見せたが、思い直した風でまた腰を据えた。次の次が三太郎の降りる停留場だった。三太郎は自分の住所をこの女に知られることを恐れて、わざとすぐ次の停留場で急いで車掌台の方から、女をまくつもりで発車間際に飛びおりた。ところが赤い女も風のようにトップの方からいつの間にか降りて、そこへぬっと立っていたので、三太郎は全くぎょっとした。ここで弱味を見せてはならぬと思って、三太郎はゆっくり赤い女の傍を通って歩いた。すれ違いざま「さよなら」と女が言った。三太郎はやっと「あ」と言って振向く元気もなくレイルに添って歩いた。二三歩いって踏切から道を曲るときそっと振返るとやっぱりそこに立っていた。道を曲ると三太郎は駆け足で畠《はたけ》の道をぐるぐる回って家へ辿りついた。玄関へ飛び込むとぴしゃんと戸を閉めて鍵をかけた。

117

慌《あわただ》しく入ってきた三太郎の様子に母親は「どうしたすか顔色が悪いに」と気づかった。三太郎は「耕助！　赤い女がやってきたら追っ払ってしまえ」そう言って母親に床をのべさせてぐったり横たわった。熱が出てきてうとうとと眠っているとも醒《さ》めているとも思われないような日が続いた。母親が電報でも打ったのであろう、旅からお花も山彦も帰ってきて、枕もとに坐っていた。この場合お花でも三太郎にはやはり心丈夫におもわれた。彼は枕の下に村正の短刀を敷いていたが、眼をさますとうわごとのように「ピストルがほしいな」と言った。赤い女は夜も昼も三太郎の身辺をつけねらっているような気がした。赤い女の口からでも眼からでも穴という穴から、赤い血を吹き出して、三太郎を頭から血みどろにした。どこまで逃げていっても、そこにはまた別な赤い女がいた。女という女はみんな赤い女に見えてきた。それでいて赤い女からのがれる術《すべ》はないような気がした。お花も赤い女に見えて、どうかすると血なまぐさいように思われて傍にいるのが気味悪かった。

三太郎は庭へ出て眺めた。買った植木はどれもこれも面白くなかった。白い花をつけたエゴと茶の木だけは野趣と気品と二つながら備えていた。雑木はみんなエゴに植木をみんな茶の木にして北窓へ篠竹を植えよう。そんなことに気を入れて夢中になっている時だった。

二人の赤い女がやってきた。それは甚子とその妹だった。

甚子の中にしかけてある機関車のボイラアは、三太郎を見るとしゅっしゅっという音をたてて赤い血をはき出した。

三太郎はまるで重い緩急車のように機関車に引きずられて、街の方へ走っていった。水の見えるどこかの旗亭らしかった。三太郎は水貝を箸で、どうしてもつまめなかった。

118

便所へ立つと二人の赤い女は廊下の所で何か私語していた。三太郎は何事か謀られているように不気味だったが、阿片を呑むに似た或は断崖の岸に立った時の身を投げたい戦慄的な誘惑を感じて待っていた。

「私今日ギンザシネマへお約束がありますのよ、先生もいらっしゃらない」甚子がこちらへ歩いてきながら言った。

「差障りがなかったら」

「そんなこと、ありませんわ、ね」と妹の方を顧みた。妹は「え」とあいまいに答えた。

三太郎はその相手が誰だろうという興味があった。いずれは文壇の物好きであろう。とにかく車をよんで出かけた。銀座裏で車を出たがどうもこの女伴《おんなづ》れでシネマへ入ってゆくのが急に気はずかしくなった。それにもう時間がおそかった。

「怒ってるわよ、きっと」妹が言った。

「ぼくはここで待っているよ」三太郎は後へ残った。ところが、いくら待っても女達は帰って来なかった。まかれてしまったかな、そう思って三太郎は、ぶらぶら銀座通りの人込みを歩いた。するとシネマの反対の側を赤っぽいセルのキモノをきた甚子が針金で造った時代物のオペラ袋をさげて、ふうらふうらと人にもまれながら好い気持そうに歩いてくるのに逢った。

「あ、先生」彼女は探していましたとも何とも言わずに「妹もいま来ますわ」と言った。その男も出てくるのかと思ったが、妹だけどこからか現れた。また三人は車を拾ってそれへ乗った。

「きっと宿へいってぷんぷんして待っているのよ」

「どうしましょう」という妹に答えないで、「私、明日田舎へ帰りますのよ」と三太郎に言った。それでその男に逢わねばならないが、こんなにすっぽかしてはあの男どんな乱暴するか分らない。このまま汽車に乗りたいとも言った。上野駅の近くの宿屋で三太郎と姉は宿へ様子を見に行った妹の報告を待った。

大阪河岸
1924

119

「あの人は泣いていたわ」妹は帰ってきて姉に話した「ともかくも今一度逢ってくれってあんたのいる所へ行くっていうの、だから私きっと連れてきますからって待たしてあるのよ」妹が乗ってきた車で甚子は顔色を変えて出かけていった。

三太郎はまた汚い宿屋へ一人残された。どこがどこでも好い、何もかもから逃れてゆきたい、東京から遠くへ、お花から遠くへ。

三太郎は何と言っても家の方へ心がひかれた。すべての係《かかわ》りから逃れたいと思うことはすべてにあまりこだわりすぎるからだ。

傷つき労れて頭《こうべ》をたれて三太郎の懐へ帰ってきたお花を、しかし三太郎は父親のような気持で労ってやることが出来なかった。

「あたしはもうあなたの愛人になる資格はないけど、やっぱりあなたはあたしのパパです。娘のつもりで許してね」

三太郎は娘のつもりで許すことも友達として愛することも出来ない。やはり愛人として憎む時の方が多かった。

「思い切りの悪いことは愛情の証拠にはならない」

三太郎はどうかして汚された愛情を、醜い執着を自分の身体からすっかり切って捨てたかった。

上野の駅を出る汽車の響きや振鈴《しんれい》の音が、宿屋の二階まで聞えてきた。今東京を去って家を捨てて、山彦にも、お花にも、もう再び逢うまいと決心しながら、心のどこかには変な余裕があって、上野の駅には美音の駅夫がいたことがあったが、もう死んでしまったかしらなど、そんなことを考えながら、まだ小汚い宿の座蒲団を頭にかって、なげしにかけたあやしい額の文字を読んでいた。(秋蝶花を抱いて飛ぶ)

そこへ甚子と妹とがどやどやと部屋へ飛びこんできた。

1924年
上野山
写生

120

彼女達がやってきたのは夜明け頃だったが、彼女達が部屋へ入るや否やみりみりとひどい物音がした。三太郎も驚いたが彼女達の驚きはまた別だった。いきなり畳に膝をついて階段の方を振返った。三太郎も誰かが甚子を追いかけて暴れこんだものと思ったが、次の瞬間にそれは地震だと分った。地震もかなり大きな奴でどうなるかと思った程だったが、三太郎は「どうでもなれ」という気だった。彼女達はすがるような眼で三太郎を見あげた。三太郎も大地震以来あまり地震に平気な方ではなくなっていたが、弱い者からすがられると急に強くなった。

「死なば諸共です」と元気をつけて云った。この諸共が彼女に強い暗示を与えたことは後で「頼もしがられて」気がついたことだが、この時にもちらと「この諸共はありがたくないな」とも思った。

「私もう東京にいるのが怖くなって来ました。それにいろんな誘惑があって私にはとても堪りませんの、ねえ先生、私にはお国へ帰って創作をした方がよろしいでしょう」

「そう思ってらっしゃるなら今はそうした方が好いでしょう」三太郎はまだこの時も、甚子が蒲田へ女優になりにいったことも、カフェの女給になったり、ある文壇の若手の大家に囲われようとしたことなど（後では彼女の口からきかされたが）知らなかったが、甚子の小説を出した本屋との間がかなり面倒になっているらしかった。

「徳永先生の口入れですから、書きさえすれば中巻も出してくれますの、下巻の方もお国で書きますわ」甚子はそんなことも言ったが、そんな本を出すことのために苦労する必要が或は要求が不思議におもわれた。それに三太郎にはそんなことに全く興味がなかった。

「私これからすぐお国へ帰ります。先生も途中まで送って下さいませんかしら」

三太郎はともかく汽車に乗る気になっていた。

121

三太郎は甚子と一つ汽車に乗りこんでしまった。だからとにかく同じ方向へ同じような状態でいやでも運んでゆかれるのだった。しかし甚子の腹の中の機関車は今はもう音をたてなくなっていた。彼女はいま別れてきた男の苦労で腹が（そうだ胸ではない腹だ）一杯になっていたから。

奥羽線廻り青森行。三太郎はこの汽車には馴染が深かった。一昨年は東山温泉から飯坂温泉の方へ、去年の春は酒田から田川温泉、横手、秋田と二月《ふたつき》ばかりも歩いていた。ゆく先き先《ざ》きに絵の好きな友達や知人がいた。酒田は殊に好きだった。田川は忘れられない記憶のある所だった。そうだ、あすこへゆこう。荘内なら余生を送るに不足のない土地だ。三太郎はそんなことを考えながらうとうとと寝てばかりいた。

「先生は私と結婚して下さることおいやですの」

「何故」

「私はちゃんと正式に結婚しなくてはいけないのです。それに先生と結婚することが出来たら母もどんなにか喜びますでしょう。私も幸福ですわ」

「そうですか」

「お花さんは正式に籍が入っているわけではありませんでしょう。それなら私と結婚することもお出来になりますわね」

「おかしな論法ですね、ぼくはそんな世間的なことに趣味が持てない人間です。ぼくはエゴイストです。ぼくの立場からしか、ものを見ない人間です」

「お花さんを今も愛していらっしゃるのね」

「愛しているかいないかそれが分れば、こんな旅なんかしませんよ、それにそのことは人に言いたくない」

「私は一人で母の家へ帰りたくない」彼女の機関車は、例の酢っぱい表情と共に鳴りだした。

三太郎の汽車は新荘へついた。三太郎も甚子もそこで乗換だった。この時プラットフォームで奇蹟的な事件が起った。

1924

122

今三太郎が乗捨てた青森行の列車の中からお花の従兄《いとこ》川蔦が突然現れた。川蔦につづいてお花が出て来るような気がして、三太郎は川蔦の肩越しに車窓の方を見ると、そこには畑中夫人の顔がちらと見えたように思った。

「どうなすったのですか」三太郎の方から声をかけた。

「御存じないようですね。川蔦の母が日光で死んだので、今お骨を持って秋田へ行く所なんです」

「それは」三太郎はいっそ道を変えてその葬儀に連なろうかと咄嗟に思いついたが、すこし不謹慎な気もして、言淀《いいよど》んでいると
「あなたはどこへいらっしゃるんです」川蔦は訊きながら三太郎の様子を眺めまわした。三太郎は連の女を見られるのが恥ずかしくなって甚子の立っているであろうフォームから遠い方へ歩きながら
「酒田、そうです、ぼくは酒田へちょっと行く処《ところ》なんです」しどろもどろに言っている所へ、うまく青森行は発車の笛を鳴らした。やれやれ助かった気がした。

「それではともかく、お花は知っていますかしら」汽車の窓から
「電報を打っておきましたよ」

「どうもありがとう」三太郎は何を言っているのか自分にも分らないことを言って列車の後を見送って、ほっとした。

「どなたですの」甚子が帰ってきてきいた。

「…………」

汽車は酒田を通り越して、うやむやの闇を走っていた。甚子が帰ってゆく本荘の駅から幾《いく》つか手前の小佐川という小駅で三太郎は汽車を降りた。

「家庭を捨て良人や子供を捨てながら、この女には自由なところも清新なものも持っていない、少しばかりある生活意識と言えば母親のへそくり金をあてにして結婚して喰うに困らないことを考えているのだ」

123

　甚子も三太郎に続いて汽車を降りた。鳥海山の山裾で遠く酒田の沖の何とかいう島も見渡せる漁村だった。三太郎は紅殻で塗った古風な欄干に倚《よ》って海を見ていた。

「ねえ、よろしいでしょう。折角ここまでいらっしたんですもの、母もどんなに喜んでお迎えするでしょう。中学へいっている弟と、大熊さんは気のおけない人ですわ」大熊というのは妹の婿だった。美顔術の講習のため東京に止《とど》まらねばならなかった妹は、上野駅に姉を送ってきて「大熊が浮気をしたらすぐ離縁するわ、姉さんよく監督して頂戴」と言ったが、姉さんは「大熊をつれてここへ遊びにきたこともありますわ。大熊さんを呼んでここで遊びましょうか」とも甚子は言った。

「君の家は何をしているの」

「今は何もしていませんわ」

「古雪という所は遊廓じゃない？」

「ええ、そうですわ」

「ゆこか古雪帰ろか田町って唄がある」

「まあ、よく御存じですのね」三太郎はお花の母親からきいたことは言わなかった。

「古雪という名は好いな」

「好い所ですのよ、家のすぐ裏が川で船着場から海が一目ですわ」

「君のおばあさんはどうしてその川で死んだだね」

「それが分りませんの」甚子はその老母の美人だったことや、その連合いが炭を売って金を造ったことを話した。金貸をしていたこととその死因とに何か因果話のような伝説がありそうな気がして、古雪は三太郎の興味を引いた。そして甚子の口から出てくる昔の人の名はお花の母親から聴いた人ばかりだった。それは昔栄えたこの港の歴史を読むような興味があった。

　三太郎はずるずると本荘まで出かけた。甚子の言った通り、母親は親戚のものを迎えるようなもてなしぶりを見せた。町で歯科医をしている甚子の兄も出てきて三太郎を歓迎した。

124

　ここでも三太郎は甚子から初恋の話や結婚の前の晩仲人である幼馴染の男と相抱いて泣いたことやを話された。あの二階、此の部屋と彼女は三太郎を導いて見せた。海に近い小料理屋の離座敷もあった。何故甚子がそんなことをしたのか、多分三太郎の懐古癖のためであったろう。

　三太郎は翌日本荘を引揚げて秋田へ向けて立った。そこでお花の祖母の葬儀に連なる心組もあった。三太郎が本荘の家で見た最悪のものは甚子の身だしなみだった。肌に近い着物はどれ一つとして女の週期的の汚点《しみ》のついていないものはなかった。三太郎はそういう排泄物に対する原始人の恐怖や病理的の嗜好など持っているためではない。ただ美しいものの反対なものに強い嫌悪を感じるがためである。

　それにもっと悪いことは、三太郎が本荘へ出かけていったことは、甚子の母親に結婚の申込をするためだと思われたことだ。それは甚子が彼等及び彼女等にそう思わせたに違いないが、三太郎にとっては以《もっ》ての外だった。第一結婚はいろんな目的を持っているのが、三太郎には堪らないものだった。従って生活の効果を考えに入れるものだった。この事について甚子は後で三太郎に云ったことがある、徳永先生でも随分考えていらっしゃるのですよ、その点は、やっぱり生活が第一ですわ。あなたはもっと生活力を盛《さかん》にしなくてはいけませんわ。しかしどんな時にも書いたものを残してはいけませんよ。後でそれがどんなひどい反証になるか知れないのですもの。お金をけいべつしてはいけませんわ。私その事ではつくづく辛い経験をしましたもの、等々。

　兎《と》に角《かく》、三太郎は秋田へきた。ところがここでも、因果はめぐる小車に出会った。同じ宿屋に、曾《かっ》て甚子の仲人で恋人だった亀田某が泊り合せていて、彼もやはり親戚の縁故でお花の祖母の葬式にゆくのだというのだ。そしてもうこの時は市内の新聞に三太郎と甚子の艶聞が（これは甚子の好きな事だった）拡がっている最中だった。

125

甚子は三太郎の宿屋へいろいろな人を連れてきた。三太郎は未来の花婿としてそれ等の人達に紹介された。三太郎は苦笑しながらも悄然として、彼女の生活力の旺盛な滑らかな処世振りを感心して眺めていた。

索然とした気持になった時は、積極的にも消極的にもどうにも動きがとれなくなる。三太郎はあらゆるものに興ざめていた。そのうえポケットには早や金がなくなっていた。此のとぼしない気持が東京の方へ三太郎を引きつけた。それにしても、三太郎はポケットの金をそっと勘定して見たが、切符を買うにも足りなかった。秋田に近い小都会にいる知人を三太郎は思い出して、甚子に別れを告げようとしたが、彼女は新荘を迂回して家へ帰るから、どうせ道順だから送りますというのだ。それにそこには女学校時代の彼女の友達がいた。主人は風流な資産家だと言って三太郎も紹介された。夫人の好みらしい文化建築の家で、あらゆる家畜が飼われていた。三太郎は一々檻の前に立たせられて飼養法や特質や収益のことまで聞かねばならなかった。就中《なかんずく》東洋一だという小さな馬ほどあるグレイなんとかという犬を見せられた時はいささか驚いた。丁度《ちょうど》大砲万右衛門《おおづつまんえもん》の手を見る時の感覚で犬という概念をとりのけて、この犬を見直すに困難なほど大きな犬だった。それよりも驚いたことはこの逞《たくま》しい大犬を一眼見た甚子の興奮は、鼻孔が脹《ふく》れて眼がうるんで例の機関車が急速に音をたてた。いきなり彼女は手をあげて抱くように首のあたりを撫《な》でまわした。三太郎も犬を好きで怖いと思ったことはないが、この時ばかりは、はっとした。彼女は豚をも好きだった。いや好きだなどと言ってではあたらない。その接触にはある充感があるように見えた。豚に別れを惜しむため交情を示す彼女の啼《な》き方に異常な満足と弛緩の快楽が、傍で見ている人間にはとても堪えられない感覚の圧迫を与えた。

126

三太郎はお花へ手紙を書こうと思いながらその暇がなかった。暇のないことを口実に言うことを怖れているのでもあった。三太郎が家を捨てることはお花を捨てると同時に子供達をも捨てることになるのだった。自分に対してさえ申訳が出来ないほどその理由が薄弱なことを三太郎は思って見た。それに三太郎は世間は勝手にしろだが子供達に、甚子のために家出したと思われるのは堪らなかった。ちょっと散歩に出たままやがて一週間、家のものはさぞ心配しているであろうと思われた。

知人に旅費を借りて三太郎は帰京の途についた。甚子はもう再び会えない人に別れるようにぼろぼろと涙にぬれた顔を三太郎の方へあげて見せた。

汽車が東京に近づくに従って三太郎は元気を恢復《かいふく》したが、郊外の電車を降りて遠くの丘の上に自分の家が見える所へくると、声をあげて泣きたいほど胸が押され気味だった。だらんとした手やげっそりした脚はまるで花屋敷の操り人形のピエロのように力がなく風に吹かれてやっと歩いている形だった。

見馴れぬ村のようだった。あの家にもこの家にも朝の食事の匂いがあがっていた。どの家にも元気の好い子供がいたり、健康な細君があった。垣根にはふかふかとした毛蒲団が干してあったりした。

三太郎はよその家へきたような気持で「帰ったよ」と玄関で呼んで見た。はいと答えて出てきたのは素晴しく血色の好い身の丈五尺七寸もあろうと思われる若い女だった。

「どなたさまで」とその女は言った。

「ぼくは三太郎です」

「あら」そう言って女は奥へかけこむと、お花の母親が出てきた。

「おや、お花はきのう加賀へいったに」と言って三太郎の顔を見て笑い出した。

127

三太郎は二日と家をあけたことはなかったのに、三日たっても四日過ぎても帰って来ないのでお花は心あたりを鎌倉の方まで探しに出かけた。秋田の葬式にいっている畑中夫人から「三太郎を新荘の駅で見かけた」という手紙がきたので酒田へも問合せたが「来ていない」という返事だった。それに大切なことは、三太郎から何のたよりもないことだった。お花は三太郎がいつもの気の弱さから言うことが言えないのだと察した。二人の間はもとのように円満にゆかないことも察せられた。労り合い慰め合うことが生活の重荷になってゆくことがお花には辛かった。

お花のこんど度の家出はどうにもならないたった一つの道だった。三太郎も、もはやこれまでだと思った。

それから間もなく甚子は母親と妹を連れて三太郎を訪ねてきた。至る所で写真にうつることの好きな、何と言われても自分のことを兎角噂されることの好きな甚子は、そういうゴシップの種を待構えている新聞をすぐに利用した。甚子と三太郎が結婚するという記事は忽ち満都の新聞を賑わした。

三太郎はそれ等の記者に逢うのがいやで大抵は会わなかったが、一人女記者で最近家族的に訪問してくるのがあった。これは撃退する間もなく、いつの間にか上り込んでおまけに写真班までつれていた。

「困ったな、そう決められてしまっては、愈々《いよいよ》決ったらあなたの方の特種にしますからまあ今日は帰って下さい」そう言って帰って貰った。

ところが京都で知合になっていまは医者をしている傍ら歌の会などをしている緒方周一が代々木博士と同伴してやってきた。緒方は三太郎も其の会員である秋草会を代表して「甚子との結婚に断然反対する事、お花を呼び戻す事」を伝えた。

128

結婚反対の理由として「三太郎は甚子に就いて知る所が少《すくな》い、第一に彼女は変態性慾だ。我々は科学者としてそれを認める、第二に彼女は良人や子供を捨てた不貞の女だ。第三に彼女は貞操観念に欠けている。これは前の情人であった本屋の主人に聞いたことだ」というのだ。其他本屋の主人に聞いたことだとして、甚子の肉体の細部にわたる医学的及び性的欠陥の報告をもたらした。「甚子と結婚するならば三太郎は社会的地位を失うだろう、秋草会も三太郎を除名する」というのだ。代々木博士は「理窟はなしにお花さんを呼びもどす」ことを三太郎にすすめた。

三太郎は彼等の友情に感謝する旨を述べ、甚子と結婚などする意志はすこしもない。こういう状態になったことを恥じている。結婚は誰ともする意志はない、お花を呼び入れることも従ってしない。そう答えた。

二人は辞して去る時、三太郎を外へ招いた。スリッパのまま扉口《とぐち》を降りてゆくと、代々木博士は、「どうするつもりなんです」と云った。

「いま暫く見ていて下さい」三太郎はそういうより外なかった。

甚子は三太郎が男らしくもなく二人の前でこの弱い女性をかばって「結婚してもこの女を救います」と言ってくれなかったのを怨《えん》じた。A氏の「ある女」の中の主人公が葉子をかばうところを秋田の旅先きで、甚子はのみこめるように三太郎に話した筈《はず》だった。三太郎がそれを用いなかったのが甚子には不服だった。三太郎は「ある女」の作者のような峻厳な人間ではなかった。もしそういう人間だったら、甚子にそんなことを言われもしなかったろう。

その翌日三太郎にあてた罵詈雑言《ばりぞうごん》を極めた葉書がついた。「君の家を辞して一杯飲んでいる」とか「色と金との二筋道か、どうだ図星だろう」などと書いてある。色と金との二筋道には啞然とした、そういう風にも見えるのかなと三太郎は更に憮然とした。

129

三太郎のゴシップが新聞へ出ると近所の文化住宅に住んでいる暇人が押しかけてやってきた。海軍の休職少佐でよく三太郎に「君はすこし酒を呑む方が好いね」とすすめる男がいた。ルドルフマンジュウに似た好男子で「奥さんお酒はありませんか」そう言いながら甚子のいる部屋へ入っていった。畳の上へ寝そべって自慢の和歌なんか休職少佐に示しているのが、客と話をしている食堂の三太郎の方からも見えた。甚子は夜も昼も寝床を敷きっぱなしでそこへ寝転んで所謂「創作をもの」したり、食事をしたりする習慣があった。これは三太郎に我慢のならないものだった。

「先生は思ったほど芸術家らしくないわ」甚子は放埓も不潔も芸術家の属性のように思っていた。三太郎は花の咲かない木を愛したが彼女は花だけを愛した。食事もすべて「洋食」でなくてはいけなかった。夜も昼もサイダアを飲んだが、茶などをゆっくり飲む風はなかった。甚子が来た日、加賀から番茶と白檀《びゃくだん》を送ってきた。差出人の名はなかったが、お花の贈り物だった。甚子はその小包を三太郎の机の前で発見すると、いきなり包を解いて中を見たが、女中を呼んで芥溜《ごみため》へ捨てさせた。三太郎はそのことを後で女中からきいた。

ジャズバンドなんか甚子の最も嬉しいもので、最高速度でそれをきいていると創作の感が湧いてくるのだと彼女は言っていた。この日も甚子はフォクストロットをかけて酒をのんでいた。三太郎はもう我慢がならなかった。「おい、ぼくの家は女郎屋じゃないよ、寝そべって酒をのむなんかよしてくれ」と怒鳴った。

休職少佐は笑いながら出てきたが、三太郎はどうも笑えなかった。「君は少し酒をのむ方が好いね」とこの時はさすが言わなかった。むろん三太郎はこの言葉をもっと善く理解しているつもりだった。それから間もなく甚子がいなくなって、少佐はまじめに三太郎に言った。

「あの女をぼくは囲って見ようと思うが、どうだろう」

130

甚子の母親は「甚子にはもっと年が若くて身体の丈夫な男でなくてはつとまらぬ」そう三太郎に見きりをつけて国の方へ帰っていった。母親のそういう常識的な見方も輪郭だけは当っていた。甚子が猛獣を見る時の眼、ジャズをきく時の口、男を見あげる時の鼻、そういう興奮してデッサンのくずれた顔を見せられると、三太郎は身がすくんで、赤い女に見こまれた時のように、あらゆる力を失って何がなし悲しかった。

長崎からきていた大きな文学女中も口実をこしらえて出ていってしまった。子供達は学校へいっているのか遊んでいるのか、日が暮れてもなかなか帰って来なかった。

甚子も「こんな所では創作は出来ない」と言って原稿紙の包を持って森ヶ崎へいってしまった。甚子は二度目に田舎から出てきて、三太郎を訪ねた日からもう結婚は言いがかりで事実はどうにも進めようがないことを知っていた。しかし彼女は三太郎の生活振りを非難した。文壇の誰彼を例に引いて、もっと社交的に売れるものは売る方針をとることを勧めた。要するに貧乏なよりも貧乏でない方が好いというのだ。貧乏は厭《いと》わないが、およそ人間が持ち得るあらゆるものを持つ方が好いというのだ。「ぼくは金貸や女郎屋の出来る人間じゃないよ」これが甚子が森ヶ崎へゆく日に三太郎の言った言葉だった。

甚子が森ヶ崎へいってから四五日たった日の夕方、耕助が代々木博士の手紙を持って帰った。「お花さんが帰られました。御面談いたしたし、即刻御足労を願います」とある。

三太郎は山彦と二人、パンを焼いて前菜とデザアトだけの夕餉をしている所だった。

131

感覚だけが三太郎のすべての生活を支配していた「色と慾との二筋道だろう」と楽書《らくがき》をしてよこした代々木博士にはそれきり逢っていなかった。代々木博士の許へお花が身を寄せたとあれば、話の筋は分っていた。

　長崎からきた文学女中と耕助の通信によって、お花は加賀の旅先で、三太郎の日常を手にとるように知っていた。お花が東京へ帰ってきたのも、丁度潮時を見計らったわけだった。薄馬鹿の耕助は彼の父なる三太郎が自分の身体と甚子とを持てあましているのを喜んだ。お花に気に入られるために三太郎と甚子の姿をカルカチュアとして誇張してお花に知らせた。お花は耕助を鞭打《べんだ》して仔細な報告を求めたが、叙述の筆が繊細になればなるだけじっとしていられなかった。嫉妬はやがて復讐の念に変って来た。そしてその時がきた。

　何にしても三太郎は総決算をするつもりで代々木博士の家へ出かけていった。

「お花の自信は非常に堅い。あなたはお花がなくてはいけない人だ。それには我々の意見も一致しているわけです。お花さんが帰って来られた時期も適当な時だと信じる」という代々木博士に、三太郎は
「ぼくにとってお花がなお必要かどうか、今少し考えて見ましょう。ぼくは幸い今一人です。考えるには非常に好い時です。お花もしかしぼくを考えの中に入れずにもうすこし虚心にお花自身の気持を主にして考えて見てはどうか、ぼくのために今後の方針をきめるとどうしても後で無理が出来るわけですから」

「ではそう伝えましょう、ぼくはこれからある学校へ講演に出かける所ですからこれで失礼しますよ。お花さんをここへよこしますからゆっくりしていって下さい」代々木博士と入れ違いに、五分ほどすぎてお花は三太郎の通された二階の部屋へ入って来た。

132

　お花は暫くでも三太郎に別れていた後で逢う時は、いつもいじめられた継子《ままこ》のようにいじけて三太郎の顔をうかがいながらものを言った。この時も三太郎の気を引いて彼の態度次第でこちらの心構えを示そうとたくらんではいたが、いざ三太郎の顔を見るとまず何より先に怨《うら》みがましい言葉が口を出てしまった。三太郎の方もずばりと決定的に用件だけを言おうと思っていながら、何か言わねばならぬ心持に誘われるままに
「身体はどうだ、また肥《ふと》ったようじゃないか」とつい言ってしまった。

「ええ、パパは苦労が多かったと見えて痩せたわね。だけどあの女も随分な人ね、あたしがパパへ送った白檀を掃溜へ捨てたりなんかして、それで『先生にお花さんがあることを知らなかった』なんて、まだ聞いたわ『教育のない芸術に理解のない女といては先生の芸術が亡《ほろ》びる』って、そりゃあたしはパパに苦労をかけたけれど、教育がないためじゃないわね」

「あの女は病気だったよ。あの女の病気は医者で治らない病気だし、俺は……」

「パパの病気は寂しがりなんだわ」

「なんしろこう騒々しくては寂しがりやも少々閉口だよ。お前はどうするつもりだい」

「あたしのことよりパパだわ。パパの心一つであたしはどうにでもなるんだわ。だけどあたしをどうして下さいと言うのじゃないのよ。パパにもしあたしが必要だったら、という意味なのよ」そういうお花の言葉にはいつもの感傷的な所もヒステリックなところもなかった。

「もし必要でなかったら」こう聞くと、お花はスイッチの切れた電灯のようにはっと暗い顔をして
「誰か他の人が必要なの」ときいた。

「全く反対な気持を持てあましているんだよ。おれにはそれを持ちこたえてゆく力がないんだよ。ぶつかった物から身をかわすことも出来なきゃ、受けて立ってじっと堪えてゆく根気もないんだ。ただ今は一人相撲でじっと自分の心持さえ支えてさえいれば好い状態だから、悔も恨も忘れて、気を養おうと思っているんだ」

133

「とにかくぼくは帰るよ、二人でいつまでこんなことを話してもきりがない、代々木さんのいる時また出直して来よう」

「でもあたしいつまでもここにはいられないわ。高藤さんの家へでも厄介になろうかしら、すぐこの近所でしょ」

「なにしろ居所がきまったら知らしてくれ。着物も要るだろう」急いで歩くと汗が出るような季節になったのにお花はまだネルを着ていた。三太郎も間着《あいぎ》の洋服をきて家を出かけてから、シャツをとりかえる暇もないような日を過していたことが今更に顧みられた。

或日お花の母親がきて、お花が高藤の家へ落着いたこと、季節の着物を届けてくれるようにことづかってきた。三太郎はお花の持物をすっかりまとめておいた二階へ母親を案内した。

「ほう、今着る着物だけで好いすに」母親は娘の物をみんな一時《いちどき》に持ってゆくことを拒《こば》んだ。その母親の心持をくんで三太郎も強いてとは言わなかった。

高藤の息子は三太郎のところへ遊びにくる文学青年で、その母親とも三太郎は知っていた。

「どういうことか私どもには分りませんけれど、おくさん（お花のこと）もこうしてお置きになっては心が落着かないで、もし万一どんな間違いがないとも限りませんから、いえなに、そんなけぶりなどちっともあったわけじゃないんですよ」高藤の母親が三太郎に注意した。三太郎はその時は何げなく聞いていたが、高藤の息子の友達でSという青年とお花が連れ立って歩いているところを、三太郎は見た。

「隠すには及ばないよ、すこしでも人を憚《はばか》る心持があっちゃ、心にすきが出来て正しく先の人を見ることが出来ないものだ。これは俺が現に経験したことだ。朗《ほが》らかな心持で出来るような恋でなくちゃ本当ではない」

「パパ、あなたの娘は本当の恋をしたのよ」

お花はそう言って眼へ両の袂《たもと》をあげた。お花は泣いているのだった。

134

なるほどお花の恋は真剣で勇敢だった。しかしある時青年が「親に知れると困る」と言ったので、お花は一時に熱がさめてがっかりした。

「やっぱりあたしはあせっていたのね。今の若い人はとても功利的ね。それはそうとあの人はどうして」

「二度来たよ。はじめの時はなんでも年老《としと》った金持の所へ貰《もら》われてゆくからその老人が死んだら先生の絵を買うって言ったよ。俺はいやな気がしてね。その次にきた時は逢うまいと思ったが、徳永先生の娘を二人連れてきているんだ、これはまさか玄関払いをくわすわけにもゆかないから上げたよ。そのまえにも徳永さんの奥様が亡くなった後で、『今徳永先生のお宅にいるが一度あなたの了解を得たいことがあるから先生と同道してお訪ねする』という手紙だったが、この日も『私結婚することになるかも知れませんの、それで先生の了解を得ておきたい』というから『了解も何もないじゃないか、君は徳永さんにどういう風に話しているんだか知らないが、ぼくの方じゃそうなりゃ喜ぶよ。それにぼくは小説家じゃないから君のこともまあ当分は黙っていて書くつもりはないから安心したまえ』って、そう言ったよ、世の中の男という男はみんな自分を愛していると思っているんだ。朗かなものだ、お前なんか玄関払いをくわされたら二度と来ないね」

「女も自信の持てる人は徳ね」お花はそう言ったが、お花も間もなく良縁を求めて堅気の商人のところへ世間並に嫁ぐことになった。「それが好いよ」三太郎も喜んだ。「あの人もかたづくし、こんどはパパの番ね」お花は言った。「いやいや、もうこんどは子供のことで沢山だよ」長男の耕助はふらふらと家を出てしまった。山彦は「パパはパパ、ぼくはぼくだ」と言って新聞や世間の取沙汰にも平気で三太郎を観察していた。

「外国へでもゆくかな」と親子で茶話にしたのが新聞にもれて、「日本を去る」などと初号活字で新聞は伝えたが、何も今更外国へ急いでゆく気もなし、金もなし、三太郎は「まあ山彦でも中学を出たら」と漠然とした、出帆を待っている旅人の心持だった。

THE END

解説

末國善己

伏せがちな愁《うれ》いをおびた目、はかなげな姿が特徴的な〝夢二式美人〟と呼ばれる美人画、装幀、広告図案、日用雑貨や浴衣《ゆかた》などのグラフィックデザイン、詩人、マザーグースを日本に最初期に紹介した翻訳家、小説家など多方面で活躍した竹久夢二（一八八四年〜一九三四年）は、現在も根強い人気を誇っている。

夢二は大正末期から昭和初期にかけて、関東大震災をはさんだ中断があり、その前後に微妙な齟齬《そご》がある「岬」（「都新聞」一九二三年八月二〇日〜一二月二日）、金沢を舞台に死者を蘇《よみがえ》らせる秘薬が重要な役割で出てくる「秘薬紫雪」（「都新聞」一九二四年九月一〇日〜一〇月二八日）、三人の男女の恋愛模様を描いた「風のように」（「都新聞」一九二四年一〇月二九日〜一二月二四日）など、自分で挿絵をつけた新聞小説を立て続けに発表している。その中でも最も有名なのは、自身の恋愛関係を赤裸々に綴《つづ》った自伝的な小説「出帆」（「都新聞」一九二七年五月二日〜九月一二日）ではないだろうか。

「出帆」は夢二の生前には書籍化されず、一九四〇年にアオイ書房から全三巻で刊行され、その後、龍星閣から一九五八年と一九七二年に上梓されたが、長く入手難の状態が続いていた。評伝や研究の基礎的な資料にもなっている重要な作品である「出帆」が、夢二の描いた挿絵も含む形で復刻されたのは、まさにファン待望といえる。

本書には、おおむね一九一四年から一九二五年までの出来事が書かれており、それ以前は省略されている。幼少期の経験は、「忘れ得ぬ人」（「少女画報」一九二二年一一月号）などに発表していたので重複を避ける目的もあっただろうが、物語の焦点を女性遍歴に絞る意図も感じられる。

一九二五年、夢二は装幀を担当したことで知り合った山田順子《ゆきこ》に誘われ、順子の故郷・秋田県本庄を旅している。夢二にその気はなかったが、順子は夢二との結婚を望んでおり、秋田行きには夢二を両親に紹介する目的もあったようだ。当時、夢二はモデルも務めたお葉と親密な関係にあったため、順子との旅行は新聞を賑わせるスキャンダルになっていた。本庄から帰った夢二は、所属する春草会から、順子と別れてお葉を呼び戻さないと除名するとの要求を突き付けられてしまう。本書の連載はお葉と順子をめぐる騒動から二年後に始まっており、女性関係を自身の手で総括するだけでなく、スキャンダルの記憶が生々しい時期に再び話題にして、小説の人気を高めようとしたようにも思える。

岡崎まこと『竹久夢二正伝』（求龍社、一九八四年九月）は、本書は「関係者や研究者の証言や現存資料に照らしても、かなり真実に近い」としているが、登場人物は、夢二が三太郎、お葉がお花、山田順子が今田甚子のように、ほとんどが変名になっている。ただ作家の久米正雄は実名で登場する。夢二は、久米の単行本『螢草』（春陽堂、一九一八年一一月）、『空華』（春陽堂、一九二二年一月）などの装幀を担当し、二人とも野球が好きだったこともありプライベートでも親交があった。本書では、山川吉野（モデルは笠井彦乃）の墓参に行った後、新劇協会を覗いて銀座に出た三太郎が、明治屋で買い物をしている久米に声を掛けている。本書の連載中の一九二七年五月に、久米に長男の昭二が誕生したので、久米が夫人の「産後の食物」を選んでいる場面は、夢二からの祝意と考えて間違いあるまい。夢二は久米との邂逅を「これは作者の日記でありまして、小説の本文ではありません」と但《ただ》し書きをしているが、夏目漱石『虞美人草』（「朝日新聞」一九〇七年六月二三日～一〇月二九日）が、同年に上野で開催された東京勧業博覧会を舞台にするなど、新聞小説が時事ネタを取り入れるのは珍しくなく、夢二もそれに倣《なら》ったといえる。

唐突に作者の身辺雑記が挟まれることからも分かるように、本書は時系列が前後したり、本筋と関係ないエピソードに紙幅が裂かれたりしているので、決して読みやすくはない。ただ小説として粗削りなところも味になっているのが、夢二らしいのかもしれない。

物語は、三太郎と息子の山彦が「五月祭」の群集に遭遇する場面から始まる。

竹久夢二（本名・竹久茂次郎）は、一八八四年、岡山県の造酒屋の息子として生まれた。幼い頃に家業は傾いていたが、夢二は叔父の家に寄宿して神戸尋常中学校に通う。しかし造酒屋を廃業した父が創業間もない八幡製鉄所に職を求めたため、夢二も呼び戻され一家で福岡県に転居する。一九〇一年、夢二は家出して上京、翌年、早稲田実業学校に入学した。一九〇四年、夢二は、雑司ケ谷で学友の岡栄次郎と共同生活を始める。岡は幸徳秋水、堺利彦らが作った社会主義の結社・平民社に出入りしており、その縁で夢二は平民社が発行する週刊の「平民新聞」の編集をしていた荒畑寒村と知り合い、一九〇五年に「平民新聞」が廃刊後に平民社の機関誌になっていた「直言」にコマ絵を発表、その後も日刊紙として創刊された「平民新聞」に絵や文章を発表している。そのため夢二は、天皇の暗殺を計画したとして全国の社会主義者、無政府主義者が逮捕され、幸徳秋水ら一二人が死刑となった大逆事件の後に警察に事情を聞かれているし、死刑執行後には自宅で友人たちと追悼会を開くほど社会主義に共鳴していた。冒頭に「五月祭」のシーンを置いたのは、青春時代を懐かしむ想いも大きかったのだろう。そのことは、「彼が二十代に抱いたような社会意識などは、もはや、忘れていた」（1）との一文からもうかがえる。

「直言」にコマ絵を描いた一九〇五年、夢二は「中学世界」に投稿した「筒井筒」が一等に入選、この時に使った雅号が夢二である。翌年には「東京日日新聞」で日曜文壇を担当していた島村抱月から挿絵を頼まれ、「女学世界」、「文章世界」などからも依頼を受けるようになる。絵で独り立ちできると考えた夢二は、早稲田実業学校を中退した。

抱月は日本の自然主義文学の理論的指導者の一人であり、作家の自意識を正視に堪《た》えぬまで赤裸々に告白した田山花袋「蒲団」（「新小説」一九〇七年九月号）を絶賛した。本書にも、性を大胆に語る日本の自然主義のエッセンスがあるので、それは抱月との交流と無縁ではないのかもしれない。

一九〇六年、夢二は早稲田鶴巻町で絵葉書屋「つるや」を営む岸たまき（他万喜とも。作中では「みさを」）と出会う。自分の描いた絵葉書を持ち込むなどしてたまきと親しくなった夢二は、一九〇七年に結婚、翌年には長男の虹之助が生まれるが、生活苦や性格の不一致などもあり一九〇九年に離婚した。同年、夢二は様々な媒体に発表していた絵をまとめた初の画集『夢二画集　春の巻』（洛陽堂、一二月）を刊行。この画集は売れ、一九一〇年には『夢二画集　夏の巻』（洛陽堂、四月）、『夢二画集　花の巻』（洛陽堂、五月）、『夢二画集　旅の巻』（洛陽堂、七月）などを刊行し、ようやく生活も安定した。

夢二の時代に絵で生活するには、美術学校を出て官展で認められる、有名な画家に弟子入りして名を挙げるというのが一般的だった。これに対し夢二は、新聞や雑誌、商業デザインといった大量消費社会のニーズに合致する絵を描き、スターになった新世代の画家だった。そのため夢二の絵を求める消費者がいなくなれば、そのまま消える危険性をはらんでいた。作中では三太郎が、新しいジャンルを切り開いたからこそ、既存の画商には相手にされず立ち位置のあやふやさに悩んでいるが、これは夢二の芸術観としても興味深い。

夢二と離婚したたまきは麹町区四番町の倉島家に寄宿していたが、一九一〇年一月に倉島家を訪れた夢二と同棲を始めた。同年二月、二人は麹町山本町に転居、そこで家事手伝いをしながら女子英学塾（現在の津田塾大学）に通ったのが、後に女性解放運動家、ジャーナリストとして活躍し、愛人だったアナーキストの大杉栄が伊藤野枝に心を移したことから日陰茶屋で大杉を刺すという事件を起こす神近市子である。

稿料が上がり生活に余裕が出た夢二は、たまきと同棲し次男の不二彦をもうけながら、たまきと避暑に訪れた銚子で出会った長谷川タカら多くの女性たちと関係を持った。一九一四年、夢二は日本橋に自身がデザインした小物などを売る「港屋」を開業。この店は、島村抱月、長田幹彦、北原白秋、小山内薫らが集うサロンにもなって、若き日の恩地孝四郎、少年時代の東郷青児ら少壮の画家たちも出入りし、その中には女子美術学校に通っていた笠井彦乃もいた。東郷は「港屋」の商品が品薄になると、夢二に似せた絵を描いて補塡するようになり、店番をしていたたまきのお気に入りになる。夢二は、たまきと東郷の浮気を疑い、滞在中の富山県下新川郡泊町（現在の朝日町）にたまきを呼び出し刃傷事件を起こしている。その頃、夢二が彦乃に恋心を抱いていると知ったたまきは、彦乃の両親のところへ行き二人が結婚できるよう説得している。一九一五年に三男の草一が誕生。これが物語が始まる前から本書の冒頭部あたりの夢二と女性たちの動向である。

本書には、夢二が彦乃と過ごした「京都時代は、三太郎の生涯のうちで、最も光彩陸離なロマンチックな場面に富んでいた」（14）とあるが、関川左木夫編『夢二の手紙』（講談社、一九八五年七月）には「私が京都へゆく方が好いと仰った意味のうちには、たまきを再縁させる好い機会をつくる事とも、ひとつには私と笠井との間も自然に遠くなって」（守屋東宛、一九一七年一月六日）とあるので、彦乃との関係解消を考えていたようである。ところが作中でも言及されているように、東京で暮らしていたたまきが出奔し、子供たちが置き去りにされてしまう。この時、子供たちを救った「三太郎が先生と呼んでいた人の夫人」（6）は、画家の岡田三郎助の妻・岡田八千代（小山内薫の妹で、作家、劇作家などとして活躍）である。作中では子供の身の処し方が一方的に伝えられた形になっているが、実際は八千代と夢二が電報でやり取りして方向性を決めたようである。夢二はたまきの出奔で腐れ縁が終わったと判断し、想いが再燃した彦乃を京都へ呼び寄せた。それから吉野（＝彦乃）が亡くなるまでの三太郎の動向は、ほぼ史実に即している。

彦乃と入れ替わるように夢二のミューズになったのが、お葉（永井カ子《ネ》ヨ。お葉は夢二が付けた別名）である。お葉は一九〇四年に秋田県で生まれ、一九一六年に母親と上京し、日本初の美術モデルとされる宮崎菊が経営する宮崎モデル紹介所で働き始める。ヌードになることを厭《いと》わず、指定されたポーズを取り続けることができたお葉は画学生のアイドルになっていく。作中には、お花（＝お葉）を三太郎に取られたと思った画学生たちが、部屋の前で三太郎を馬鹿にして「合唱」をする場面があるが、これは事実のようだ。お葉は、洋画家の藤島武二、幽霊画や風俗画にも名作が多いが責め絵が名高い伊藤晴雨（作中では伊東）のモデルを務めた後に、夢二と出会っている。藤島の「芳恵」はお葉がモデルで、晴雨のところに通っていた頃の状況は、作中に「細縄で縛りあげられて悪者にさいなまれている姿勢をさせられて懲《こ》りていた」（66）と紹介されている。夢二は上京直後に藤島の白馬会研究所に通っていたので、くしくも師弟が同じモデルを使ったことになる。

お花と三太郎は親密になり、お花は三太郎を「パパ」と呼んで甘え始める。三太郎は「お花の従兄《いとこ》川蔦」（122）にねじ込まれたのも大きいが、結婚の約束のようなこともした。だが三太郎は、お花との結婚を巧妙に避け続ける。その理由は本書では明確に書かれていないが、一九二〇年五月三一日の日記に「私は自分でも私の唇を寄せた数々の女（その内に娘は二人しか無かったが――）を思うと嫌な思出《おもいで》が多い」（長田幹雄編『夢二日記3』筑摩書房、一九八七年九月）と書くほどの処女崇拝者だった夢二は、晴雨の緊縛モデルになり、画家や画学生と肉体関係があったことをほのめかすなど性に奔放だったお葉に、本質的な嫌悪感を持っていた可能性も高い。

　お花の次に物語の軸になるのが、作家の山田順子をモデルにした今田甚子との関係である。順子と面識のあった吉屋信子は「美人伝の一人　山田順子と私」（「小説新潮」一九六二年一月号）で「鏑木清方の名作となった『築地明石町』の明治の美女の立姿にどこか彷彿としていた」と書いており、夢二好みの美人だったことがうかがえる。順子は筆名は本名の順《ゆき》にちなんで「ゆきこ」だが、一般的な読み方の「じゅんこ」とされることも多かったようだ。高橋秀晴「錯綜する真実――一九二五年の夢二と順子」（「秋田文学」二〇〇八年九月号）によると、山田順子を秋田言葉で話した時の発音が今田甚子になるという。

　山田家は本上藩に仕える武士で、明治維新後も商売で成功し順子の父親は廻船業を営んでいた。一九〇一年に生まれた順子は、秋田県立秋田高等女学校（現在の秋田県立秋田北高等学校）を卒業し、東京帝国大学出の弁護士と結婚して北海道小樽で暮らしていたが、夫が依頼人の金を使い込んだり、投機に失敗したりして多額の借金を抱えた。作家志望だった順子は生活再建のため、一九二四年に自作『水は流るる』を持って上京し、徳田秋聲を訪ねる。『水は流るる』は、秋聲に紹介された聚芳閣《しゅうほうかく》の経営者・足立欽一の尽力で『流るるままに』と改題されて出版され（一九二五年三月）、装幀を担当したのが夢二だった。

　作中には「甚子は大正のノラとか、良人《おっと》を裏切った文学夫人とかいうように呼ばれて、最近の婦人雑誌や新聞を賑わしていた」（109）とあるが、三太郎は「そういう女は世間にざらにある」とさほど意に介していない。確かに、平塚らいてうは一九〇八年に、妻子ある森田草平と栃木県に駆け落ちし、心中未遂を起こしているし（森田が、この事件をモデルに『煤煙』という小説を書いたため、通称「煤煙事件」）、歌人の柳原白蓮も一九二一年に、夫の伊藤伝右衛門を捨て宮崎滔天の長男・宮崎龍介と出奔したので、甚子の行動は当時の女性表現者として特に珍しくはない。そのため三太郎は、「本屋の主人」（聚芳閣の足立）が甚子を「変な女ですよ」と評し、世間で話題の「和製のノラ」を見ようという好奇心もあったため「初めから何か観察する材料を提供されたような心持」ではあったが、突然、家を訪ねてきた甚子に偏見がなく「気易《きやす》くずけずけと」（113）話している。

　ただ順子が夢二との関係を書いた『欲望と愛情の書』（紫書房、一九三九年五月）によると、著書装幀のお礼の手紙に夢二から返信があり、翌日も夢二から手紙が届いて、「東京へいらしたら、誰にも逢わずにまっすぐに、私に逢って下さい」「もし、日がきまれば、電報をうって下さるとなお好い。上野まで出ますから」と書いてあったという。その言葉通り、上京した順子は弟と夢二の少年山荘を訪ね、これがきっかけで二人は結婚を意識するようになり、順子の家族に挨拶に行くため本荘に向かったとしている。これに対し本書では、甚子が本屋とトラブルになり、続けて本が出せるか分からなくなったので国に帰って執筆するので、三太郎に「途中まで送って下さいませんかしら」（120）と頼み、その車中で「私はちゃんと正式に結婚しなくてはいけないのです。それに先生と結婚することが出来たら母もどんなにか喜びますでしょう。私も幸福ですわ」（121）と結婚を迫ったとされている。

　細部に違いはあるが、二人が短期間で親密になり結婚を意識するようになったのは間違いあるまい。しかし甚子が、母親や知人に三太郎を「未来の花婿」（125）と紹介し始めると、もともと結婚する気がない三太郎は、身動きが取れなくなったように感じていた。それより前、三太郎は「本荘の家で見た最悪のものは甚子の身だしなみだった。肌に近い着物はどれ一つとして女の週期的の汚点《しみ》のついていないものはなかった。三太郎はそういう排泄物に対する原始人の恐怖や病理的の嗜好など持っているためではない。ただ美しいものの反対なものに強い嫌悪を感じるがためである」（124）と、甚子に幻滅を感じている。

　本荘から東京に帰った三太郎は、所属する秋草会から「三太郎は甚子に就いて知る所が少《すくな》い、第一に彼女は変態性慾だ。我々は科学者としてそれを認める、第二に彼女は良人や子供を捨てた不貞の女だ。第三に彼女は貞操観念に欠けている。これは前の情人であった本屋の主人に聞いたことだ」というのを理由に、甚子と別れお花を呼び戻さないと「三太郎は社会的地位を失うだろう、秋草会も三太郎を除名する」との要求を突き付けられた。順子の『苦悩を招くもの』（上方書店、一九三四年六月）によると、「乳腺炎」に罹《かか》り大手術を受けた順子は、胸に大きな傷があったとあり（吉屋信子「美人伝の一人」には、順子は胸の傷の理由を「乳癌」と説明したとある）、秋草会が甚子の「胸体の細部にわたる医学的及び性的欠陥の報告をもたらした」（128）というのは胸の傷のことと思われる。本荘で三太郎が嫌った「女の週期的の汚点」には、胸の傷のことも含まれていたかもしれない。

そう考えると、甚子に感じた嫌悪感は、お花を拒否した理由とも無縁ではなく、三太郎がお花を取るか、甚子を取るかで悩むところが終盤の山場となる。

一九一〇年に金沢へ滞在中の夢二は、たまきに宛て「金沢へ来て見て、初めておん身を理解することができた。御身は母となるにはあまりにチャイルディシュ《子供らしい》だ。（中略）ただ友として、人の世の旅の仲よき友として、或《あるい》は、画室をかざる人形として適している」（長田幹雄編『夢二書簡1』、夢寺書坊、一九九一年二月）という手紙を送っている。これは、三太郎の「画風は物質の実感よりも感情を主とした。だから彼の製作の画因《モティーフ》としてお花が必ずしもはまらなくてもよかった。彼女はもはや彼の日常生活にもなくてはならぬ調度の如きものであった」（72）という本書の一文と重なる。もしかしたら夢二は、ミソジニーというと言葉が強いかもしれないが、生身の女性の身体や生理への根本的な忌避感があったのではないか。というよりも、生身の女性が完璧ではないから、絵の中に完璧な女性を再現することが夢二の芸術の原動力であった可能性を本書は示しているのである。ただ処女崇拝をするのなら、若く男性経験のない少女と恋愛すればいいのに、夢二は性に奔放な女性を選ぶことが多く、こうした複雑な一面が垣間見えるのも本書の面白さなのである。

順子は『欲望と愛情の書』の中で、夢二は「大人子供の男性の多い女困らせな自由主義時代の男の中で、内に童心をもった、まことの大人であった」と書いている。夢二がミソジニーだったのか、女性を理解する「まことの大人」だったのか、それを考えながら本書を読むのも楽しいだろう。

【著者・解説者略歴】

竹久夢二（たけひさ・ゆめじ）

画家・詩人・デザイナー・作家。1884年岡山県生まれ（本名・茂次郎）。1901年に上京し、翌年、早稲田実業学校に入学。1905年、平民社の機関誌「直言」にコマ絵を発表、その後「平民新聞」にも絵や文章を発表する。翌年には「東京日日新聞」、「女学世界」、「文章世界」などからも依頼を受けるようになり、早稲田実業学校を中退。1909年に初の画集『夢二画集　春の巻』（洛陽堂）を刊行。1914年、日本橋に自身がデザインした小物などを売る「港屋」を開業。以降、画家、詩人、グラフィックデザイナー、翻訳家、小説家として幅広い活躍を続ける。1931年から33年にかけて欧米各国を訪問。1934年、49歳で逝去。小説作品に、「岬」（1923）、「秘薬紫雪」（1924）、「風のように」（同）、「出帆」（1927）などがある。

末國善己（すえくに・よしみ）

文芸評論家。1968年広島県生まれ。編書に『国枝史郎探偵小説全集』、『国枝史郎歴史小説傑作選』、『国枝史郎伝奇短篇小説集成』（全二巻）、『国枝史郎伝奇浪漫小説集成』、『国枝史郎伝奇風俗／怪奇小説集成』、『野村胡堂探偵小説全集』、『野村胡堂伝奇幻想小説集成』、『山本周五郎探偵小説全集』（全六巻＋別巻一）、『探偵奇譚 呉田博士《完全版》』、『《完全版》新諸国物語』（全二巻）、『岡本綺堂探偵小説全集』（全二巻）、『戦国女人十一話』、『短篇小説集 軍師の生きざま』、『短篇小説集 軍師の死にざま』、『小説集 黒田官兵衛』、『小説集 竹中半兵衛』、『小説集 真田幸村』（以上作品社）などがある。

出帆

2022年7月25日初版第1刷印刷
2022年7月30日初版第1刷発行

著　者　竹久夢二
解　説　末國善己

発行者　青木誠也
発行所　株式会社作品社
〒102-0072　東京都千代田区飯田橋2-7-4
TEL.03-3262-9753　FAX.03-3262-9757
https://www.sakuhinsha.com
振替口座00160-3-27183

装　幀　水崎真奈美（BOTANICA）
本文組版　前田奈々
編集担当　青木誠也
編集協力　鶴田賢一郎
印刷・製本　中央精版印刷株式会社

ISBN978-4-86182-920-8 C0093

【作品社の本】

国枝史郎伝奇風俗／怪奇小説集成

末國善己編

稀代の伝奇小説作家による、パルプマガジンの翻訳怪奇アンソロジー『恐怖街』、
長篇ダンス小説『生のタンゴ』に加え、時代伝奇小説7作品、戯曲4作品、エッセイ11作品を併録。
国枝史郎復刻シリーズ第6弾、これが最後の一冊！【限定1000部】

ISBN978-4-86182-431-9

国枝史郎伝奇浪漫小説集成

末國善己編

稀代の伝奇小説作家による、傑作伝奇的恋愛小説！

物凄き伝奇浪漫小説「愛の十字架」連載完結から85年目の初単行本化！

余りに赤裸々な自伝的浪漫長篇「建設者」78年ぶりの復刻成る！

エッセイ5篇、すべて単行本初収録！【限定1000部】

ISBN978-4-86182-132-5

国枝史郎伝奇短篇小説集成（全二巻）

末國善己編

第一巻　大正十年～昭和二年／第二巻　昭和三年～十二年

稀代の伝奇小説作家による、傑作伝奇短篇小説を一挙集成！

全二巻108篇収録、すべて全集、セレクション未収録作品！【各限定1000部】

ISBN978-4-86182-093-9（第一巻）　978-4-86182-097-7（第二巻）

国枝史郎歴史小説傑作選

末國善己編

稀代の伝奇小説作家による、晩年の傑作時代小説を集成。

長・中篇3作、短・掌篇14作、すべて全集未収録作品。紀行／評論11篇、すべて初単行本化。

幻の名作長編「先駆者の道」64年ぶりの復刻成る！【限定1000部】

ISBN978-4-86182-072-4

【作品社の本】

〈ホームズ〉から〈シャーロック〉へ

偶像を作り出した人々の物語

マティアス・ボーストレム　平山雄一監訳　ないとうふみこ・中村久里子訳

ドイルによるその創造から、世界的大ヒット、無数の二次創作、
「シャーロッキアン」の誕生とその活動、遺族と映画／ドラマ製作者らの攻防、
そしてBBC『SHERLOCK』に至るまで――
140年に及ぶ発展と受容のすべてがわかる、初めての一冊。ミステリマニア必携の書！
第43回日本シャーロック・ホームズ大賞受賞！

ISBN978-4-86182-788-4

名探偵ホームズ全集（全三巻）

コナン・ドイル原作　山中峯太郎訳著　平山雄一註・解説

昭和三十～五十年代、日本中の少年少女が探偵と冒険の世界に胸を躍らせて愛読した、
図書館・図書室必備の、あの山中峯太郎版「名探偵ホームズ全集」、
シリーズ二十冊を全三巻に集約して一挙大復刻！　小説家・山中峯太郎による、
原作をより豊かにする創意や原作の疑問／矛盾点の解消のための加筆を明らかにする、詳細な註つき。
ミステリマニア必読！　第40回日本シャーロック・ホームズ大賞受賞！

ISBN978-4-86182-614-6（第一巻）　978-4-86182-615-3（第二巻）　978-4-86182-616-0（第三巻）

世界名作探偵小説選

モルグ街の怪声　黒猫　盗まれた秘密書　灰色の怪人　魔人博士　変装アラビア王

エドガー・アラン・ポー、バロネス・オルツィ、サックス・ローマー原作
山中峯太郎訳著　平山雄一註・解説

『名探偵ホームズ全集』全作品翻案で知られる山中峯太郎による、
つとに高名なポーの三作品、「隅の老人」のオルツィと「フーマンチュー」のローマーの三作品。
翻案ミステリ小説、全六作を一挙大集成！
「日本シャーロック・ホームズ大賞」を受賞した『名探偵ホームズ全集』に続き、
平山雄一による原典との対照の詳細な註つき。ミステリマニア必読！

ISBN978-4-86182-734-1

【作品社の本】

隅の老人【完全版】

バロネス・オルツィ　平山雄一訳

元祖“安楽椅子探偵”にして、もっとも著名な“シャーロック・ホームズのライバル”。

世界ミステリ小説史上に燦然と輝く傑作「隅の老人」シリーズ。

原書単行本全3巻に未収録の幻の作品を新発見！　本邦初訳4篇、戦後初改訳7篇！

第1、第2短篇集収録作は初出誌から翻訳！　初出誌の挿絵90点収録！

シリーズ全38篇を網羅した、世界初の完全版1巻本全集！　詳細な訳者解説付。


ISBN978-4-86182-469-2

思考機械【完全版】（全二巻）

ジャック・フットレル　平山雄一訳

バロネス・オルツィの「隅の老人」、オースティン・フリーマンの「ソーンダイク博士」と並ぶ、
あまりにも有名な“シャーロック・ホームズのライバル”。

シリーズ作品数50篇を、世界で初めて確定！　初出紙誌の挿絵120点超を収録！

著者生前の単行本未収録作品は、すべて初出紙誌から翻訳！

初出紙誌と単行本の異同も詳細に記録！　第二巻にはホームズ・パスティーシュを特別収録！

詳細な訳者解説付。


ISBN978-4-86182-754-9（第一巻）　ISBN978-4-86182-759-4（第二巻）

マーチン・ヒューイット【完全版】

アーサー・モリスン　平山雄一訳

バロネス・オルツィの「隅の老人」、ジャック・フットレルの「思考機械」と並ぶ
“シャーロック・ホームズのライバル”「マーチン・ヒューイット」。
原書4冊に収録されたシリーズ全25作品を1冊に集成！　本邦初訳作品も多数！
初出誌の挿絵165点を完全収録！　初出誌と単行本の異同もすべて記録！
詳細な訳者解説付。

ISBN978-4-86182-855-3

【作品社の本】

小説集　真田幸村

南原幹雄　海音寺潮五郎　山田風太郎　柴田錬三郎　菊池寛
五味康祐　井上靖　池波正太郎　末國善己編

信玄に臣従して真田家の祖となった祖父・幸隆、その智謀を秀吉に讃えられた父・昌幸、
そして大坂の陣に“真田丸”を死守して家康の心胆寒からしめた幸村。
戦国末期、真田三代と彼らに仕えた異能の者たちの戦いを、
超豪華作家陣の傑作歴史小説で描き出す！

ISBN978-4-86182-556-9

小説集　明智光秀

菊池寛　八切止夫　新田次郎　岡本綺堂　滝口康彦　篠田達明　南條範夫
柴田錬三郎　小林恭二　正宗白鳥　山田風太郎　山岡荘八　末國善己解説

謎に満ちた前半生はいかなるものだったのか。なぜ謀叛を起こし、信長を葬り去ったのか。
そして本能寺の変後は……。超豪華作家陣の想像力が炸裂する、傑作歴史小説アンソロジー！

ISBN978-4-86182-556-9

小説集　北条義時

海音寺潮五郎　高橋直樹　岡本綺堂　近松秋江　永井路子　三田誠広解説

承久の乱に勝利し、治天の君と称された後鳥羽院らを流罪とした「逆臣」でありながら、
たった一枚の肖像画さえ存在しない「顔のない権力者」。
謎に包まれた鎌倉幕府二代執権の姿と彼の生きた動乱の時代を、超豪華作家陣が描き出す。

ISBN978-4-86182-862-1

聖徳太子と蘇我入鹿

海音寺潮五郎

稀代の歴史小説作家の遺作となった全集未収録長篇小説『聖徳太子』に、
“悪人列伝”シリーズの劈頭を飾る「蘇我入鹿」を併録。海音寺古代史のオリジナル編集版。
聖徳太子千四百年遠忌記念出版！

ISBN978-4-86182-856-0